Giovanni Verga

Per le vie (1883)

IL BASTIONE DI MONFORTE

Nel vano della finestra s'incorniciano i castagni d'India del viale, verdi sotto l'azzurro immenso - con tutte le tinte verdi della vasta campagna - il verde fresco dei pascoli prima, dove il sole bacia le frondi; più in là l'ombrìa misteriosa dei boschi. Fra i rami che agita il venticello s'intravvede ondeggiante un lembo di cielo, quasi visione di patria lontana. Al muoversi delle foglie le ombre e la luce scorrono e s'inseguono in tutta la distesa frastagliata di verde e di sole come una brezza che vi giunge da orizzonti sconosciuti. E nel folto, invisibili, i passeri garriscono la loro allegra giornata con un fruscìo d'ale fresco e carezzevole anch'esso.

Sotto, nel largo viale, la città arriva ancora col passo affaccendato di qualche viandante, col lento vagabondaggio di una coppia furtiva. Ella va a capo chino, segnando i passi coll'appoggiare cadenzato dell'ombrellino, e l'ondeggiamento carezzevole del vestito attillato, che il sole ricama di bizzarri disegni, mentre l'ombre mobili delle frondi giuocano sul biondo dei capelli e sulla nuca bianca come rapidi baci che la sfiorino tutta. Ed egli le parla gesticolando, acceso della sua parola istessa che gli suona innamorata. A un tratto levano il capo entrambi al sopraggiungere di un legno che va adagio, dondolando come una culla, colle tendine chiuse; e la giovinetta si fa rossa, pensando alla penombra azzurra di quelle tende che addormentò le sue prime ritrosie. Un vecchio che va curvo per la sua strada alza il capo soltanto per vedere se la giornata gli darà il sole.

E passa il rumore di un carro di cui si vedono le sole ruote polverose girare al di sotto dei rami bassi, e ciondolare addormentati del pari il muso del cavallo e le gambe del carrettiere penzoloni, rigate di sole. Poscia il trotto rapido di un cavallo, col lampo del morso lucente; o la fuggevole visione di una *vittoria* bruna, nella quale si adagia mollemente fra le piume e il velluto una forma bianca e vaporosa. Così si dileguano in alto le nuvole viaggiando per lidi ignoti, e la dama bianca vi cerca cogli occhi i sogni o i ricordi dell'ultimo ballo che vagano lontano, mollemente del pari.

E le foglioline si agitano fra di loro, con un tremolìo fresco d'ombre e di luce; a un tratto, nell'ebbrezza di sentirsi vivere al sole, stormiscono insieme, e cantano al limite della città romorosa la vita quieta dei boschi. Le coppie innamorate tacciono, quasi comprese di un sentimento più vasto del loro; e colla mano nella mano, vanno, sognando. Più in là, li desta il trotto stracco del carrozzino postale che passa barcollando, portando svogliatamente la noia quotidiana di tutte le faccenduole umane che va a raccogliere dalle cassette, e strascina sempre per la stessa via, al suono fesso della sonagliera, addormentato sotto il gran mantice tentennante. Dall'altro lato risponde il fischio del convoglio che corre laggiù, verso il sole, tirandosi dietro il pensiero, lontano, lontano, verso altri luoghi, verso il passato.

Ecco, fra i rami degli ippocastani c'è una linea d'ombra che sprofonda nel vuoto, come un viale tagliato nel dosso di un monticello, sotto un gran pennacchio di carrubbi. Le belle passeggiate d'allora nel meriggio caldo e silenzioso, quando le cicale stridevano nella valletta addormentata al sole! Accanto serpeggia verso l'alto la linea bruna di un tronco, rendendo immagine del sentiero che ascendeva fra i pascoli ed il sommacco di un noto poggio; e in cima, dove l'azzurro scappa infine libero, sembra di scorgere quella vetta che vedeva tanta campagna intorno. Un dì che voci allegre fra i sommacchi di quel poggio e le vigne di quel monticello! e tutta la comitiva che s'arrampicava festante per l'erta in quel dolce tramonto d'ottobre! E il chiaro di luna della sera in cui si aspettavano da quella vetta i fuochi della festa al paesetto lontano, e che bagna ancora l'anima di luce malinconica al tornare di queste memorie! Quanto tempo è trascorso? Quanto è lontano ormai quel paesetto? Ora il carrozzino postale vi porta la sola cosa viva che rimanga di tanta festa, sotto un francobollo da venti centesimi. E una farfalletta bianca s'affatica a svolazzare su pel viale immaginario, fra i rami dei castagni d'India, aspirando forse alle cime troppo alte per le sue alucce.

Così quella donna che viene ogni giorno a passeggiare pel viale, e aspetta, e torna a rileggere un foglio spiegazzato che trae di tasca, e guarda ansiosa di qua e di là ad ogni passo che faccia scricchiolare la sabbia, rizzando il capo con tal moto che sembra vederle brillare tutta l'anima negli occhi. Ogni tanto si ferma sotto un albero colle braccia penzoloni e l'atteggiamento stanco. Anch'essa andò a chiedere trepidante quella lettera al postino che ne scorreva un fascio sbadigliando. Ora legge e rilegge la parola luminosa che ci dev'essere per rischiarare l'ombra uggiosa di quel viale, per ravvivare il verde di quegli alberi che le sono passati dinanzi agli occhi con mille gradazioni di tinte nelle desolate ore d'attesa. L'organetto che suonava il mattino gaio, in qualche osteria del sobborgo, e le cantava in cuore tutte le liete promesse della speranza, torna a passare collo stesso motivo già velato dalla mestizia della sera. Gli amanti che si tengono per mano in mezzo a quella festa d'azzurro e di verde, si voltano ridendo al vederla aspettare ancora, sola, vestita di nero. La sera giunge, e l'ombra s'allunga malinconica.

A quell'ora, ogni giorno, suol passare uno sconosciuto alto e pallido, coll'andatura svogliata e l'occhio vagabondo di chi voglia ingannare l'ora del pranzo. Allorché incontrò la donna vestita di nero egli volse a fissarla il volto magro e austero in cui la percezione acuta della vita ha scavato come dei solchi. E chinò il capo quasi indovinasse, stanco della stanchezza di quella derelitta. Ma fu un lampo, e seguitò ad andare diritto e fiero per la sua via, portando negli occhi la visione di tutte le camerette nude e fredde in cui si sono strascinati i suoi sogni di giovinezza e i suoi bauli sconquassati, pieni solo di scartafacci, nel vagabondare dietro un sogno. Quanti dolori ha incontrato per quella via, e quante grida d'amore o di fame ha sentito attraverso le pareti sottili di quelle camerette? Più tardi forse andrà a pranzare con una tazza di caffè e latte fra gli specchi e le dorature del Biffi, pensando a quella donna che aspettava colla stanchezza dell'anima negli occhi, mentre l'orchestra suona la mazurca dell'Excelsior. Ora l'operaio che gli passa allato, strascinando un carretto, non gli bada neppure. La città è troppo vasta, e ce ne son tanti.

E il tramonto in alto si spegne, tranquillo, in un cinguettìo confuso, con mille rumori indistinti che dileguano insieme all'azzurro che svanisce lontano, lontano, verso il paese dei sogni e delle memorie; e vi trasporta ai giorni in cui sentiste le prime mestizie della sera, e la prima canzone d'amore vi si gonfiò melodiosa nell'anima.

Ora la canzone passa vagabonda e avvinazzata pel viale, al casto lume della luna che stampa in terra le larghe orme nere dei castagni addormentati - la canzone in cui suonano le note rauche della rissa d'osteria e la noia delle querimonie che aspettano a casa colla donna - o la gaiezza dolorosa di chi non vuol pensare al domani senza pane - oppure la brutale galanteria che si lascia alle spalle l'ospedale e la prigione, o il richiamo caldo che cerca l'ora molle d'amore dopo la dura giornata dell'operaio. Solo il bisbiglìo di due voci sommesse che si nascondono nell'ombra canta la primavera innamorata e pudibonda. E a un tratto, nella tarda ora silenziosa, in mezzo alla gran luce d'argento che piove sui rami, da una macchia nell'oscurità si leva una nota d'argento anch'essa, e canta la festa dei nidi alle ragazze che ascoltano alla finestra. In fondo, fra i rami s'intravvede lontano un lumicino, in una stanzuccia solitaria.

A quest'ora pure la cascatella mormora laggiù nel paese lontano, tutta sola in quell'angolo della rupe paurosa, sotto i grappoli di capelvenere, dinanzi la valletta che si stende bianca di luna.

O i molli plenilunî estivi in cui la giovinezza canta e sogna per le strade, e le memorie sorgono dolci e candide del passato ad una ad una! - E le fredde lune d'acciaio del Natale, quando i grandi scheletri dei castagni d'India segnano di nero l'azzurro profondo e cupo, e il turbine strappa le foglie dimenticate dall'autunno con un mugolìo che viene da lungi, dalle notti remote in cui passava dietro l'uscio chiuso sulla famigliuola raccolta intorno al ceppo, e spazzava via tutto! - E l'albe livide, i meriggi foschi sui rami inargentati di neve, i gemiti lunghi che vengono col vento dalle notti remote, e i giorni che scorrono silenziosi e deserti sul viale bianco di neve! Ora di tanto in tanto passa il carro funebre senza far rumore, come una macchia nera, ricamato di neve anch'esso, quasi recasse la fioritura della morte; e il doganiere che inganna la lunga guardia facendo quattro ciarle colla servotta dietro il muro, sbircia sospettoso se mai il drappo funebre dei morti non nasconda il contrabbando dei vivi.

IN PIAZZA DELLA SCALA

Pazienza l'estate! Le notti sono corte; non è freddo; fin dopo il tocco c'è ancora della gente che si fa scarrozzare a prendere il fresco sui Bastioni, e se calan le tendine, c'è da buscarsi una buona mancia. Si fanno quattro chiacchiere coi compagni per iscacciare il sonno, e i cavalli dormono col muso sulle zampe. Quello è il vero carnevale! Ma quando arriva l'altro, l'è duro da rosicare per i poveri diavoli che stanno a cassetta ad aspettare una corsa di un franco, colle redini gelate in mano, bianchi di neve come la statua del barbone, che sta lì a guardare, in mezzo ai lampioni, coi suoi quattro figliuoletti d'attorno.

E' dicono che mette allegria la neve, quelli che escono dal Cova, col naso rosso, e quelle altre che vanno a scaldarsi al veglione della Scala, colle gambe nude. Accidenti! Almeno s'avesse il robone di marmo, come la statua! e i figliuoli di marmo anch'essi, che non mangiano!

Ma quelli di carne e d'ossa, se mangiano! e il cavallo, e il padrone di casa, e questo, e quest'altro! che al 31 dicembre, quando la gente va ad aspettare l'anno nuovo coi piedi sotto la tavola nelle trattorie, il Bigio tornava a imprecare: - Mostro di un anno! Vattene in malora! Cinque lire sole non ho potuto metterle da parte -.

Prima i denari si spendevano allegramente all'osteria, dal liquorista lì vicino; e che belle scampagnate cogli amici, a Loreto e alla Cagnola; senza moglie, né figli, né pensieri. Ah! se non fosse stato per la Ghita che tirava su le gonnelle sugli zoccoletti, per far vedere le calze rosse, trottando lesta lesta in piazza della Scala! Delle calze che vi mangiavano gli occhi. E certa grazietta nel muovere i fianchi, che il Bigio ammiccava ogni volta, e le gridava dietro: - Vettura? -

Lei da prima si faceva rossa: ma poi ci tirava su un sorrisetto, e finì col prenderla davvero la vettura; e scarrozzando, il Bigio, voltato verso i cristalli, le spiattellava tante chiacchiere, tante, che una domenica la condusse al municipio, e pregò un camerata di tenergli d'occhio il cavallo, intanto che andava a sposare la Ghitina.

Adesso che la Ghitina si era fatta bolsa come il cavallo, lui vedeva trottare allo stesso modo la figliuola, cogli stivaletti alti e il cappellino a sghimbescio, sotto pretesto che imparava a far la modista, e sempre nelle ore in cui il caffè lì di faccia era pieno di fannulloni, che le dicevano cogli occhi tante cose sfacciate.

Bisognava aver pazienza, perché quello era il mestiere dell'Adelina; e la Ghita, ogni volta che il Bigio cercava di metterci il naso, gli spifferava il fatto suo, che le ragazze bisogna si cerchino fortuna; e se ella avesse avuto giudizio come l'Adelina, a quest'ora forse andrebbe in carrozza per conto suo, invece di tenerci il marito a buscarsi da vivere.

Tant'è, suo marito, quando vedeva passare l'Adele, dondolandosi come la mamma nel vestitino nero, sotto quelle occhiate che gridavano anch'esse: - Vettura? - non poteva frenarsi di far schioccare la frusta, a rischio di tirarsi addosso il cappellone di guardia lì vicino.

Ma là! Bisognava masticare la briglia, che non s'era più puledri scapoli, e adattarsi al finimento che s'erano messi addosso, lui e la Ghita, la quale continuava a far figliuoli, che non pareva vero, e non si sapeva più come impiegarli. Il maggiore, nel treno militare, I reggimento, e sarebbe stato un bel pezzo di cocchiere. L'altro, stalliere della società degli omnibus. L'ultimo aveva voluto fare lo stampatore, perché aveva visto i ragazzi della tipografia, lì nella contrada, comprar le mele cotte a colazione, col berrettino di carta in testa. E infine una manata di ragazzine cenciose, che l'Adelina non permetteva le andassero dietro, e si vergognava se le incontrava per la strada. Voleva andar sola, lei, per le strade; tanto che un bel giorno spiccò il volo, e non tornò più in via della Stella. Al Bigio che si disperava e voleva correre col suo legno chissà dove, la Ghita ripeteva: - Che pretendi? L'Adelina era fatta per esser signora, cagna d'una miseria! -

Lei si consolava colla portinaia lì sotto, scaldandosi al braciere, o dal liquorista, dove andava a comprare di soppiatto un bicchierino sotto il grembiule. Ma il Bigio aveva un bel fermarsi a tutte le osterie, ché quando era acceso vedeva la figliuola in ogni coppia misteriosa che gli faceva segno di fermarsi, e ordinava soltanto - Gira! - lei voltandosi dall'altra parte, e tenendo il manicotto sul viso, - e quando incontrava un legno sui Bastioni, lemme lemme, colle tendine calate, e quando al veglione smontava una ragazza, che di nascosto non aveva altro che il viso, egli brontolava, qualunque fosse la mancia, e si guastava cogli avventori.

Cagna miseria! come diceva la Ghita. Denari! tutto sta nei denari a questo mondo! Quelli che scarrozzavano colle tendine chiuse, quelli che facevano la posta alle ragazze dinanzi al caffè, quelli che si fregavan le mani, col naso rosso, uscendo dal Cova! c'era gente che spendeva cento lire, e più, al veglione, o al teatro; e delle signore che per coprirsi le spalle nude avevano bisogno di una pelliccia di mille lire, gli era stato detto; e quella fila di carrozze scintillanti che aspettavano, lì contro il Marino, col tintinnio superbo dei morsi e dei freni d'acciaio, e gli staffieri accanto che vi guardavano dall'alto in basso, quasi ci avessero avuto il freno anch'essi. Il suo ragazzo medesimo, quello dell'Anonima, allorché gli facevano fare il servizio delle vetture di rimessa, dopo che si era insaccate le mani sudice nei guanti di cotone, se le teneva sulle cosce al pari della statua dal robone, e non avrebbe guardato in faccia suo padre che l'aveva fatto. Piuttosto preferiva l'altro suo figliuolo, quello che aiutava a stampare il giornale. Il Bigio spendeva un soldo per leggere a cassetta, fra una corsa e l'altra, tutte le ingiustizie e le birbonate che ci sono al mondo, e sfogarsi colle stampate.

Aveva ragione il giornale. Bisognava finirla colle ingiustizie e le birbonate di questo mondo! Tutti eguali come Dio ci ha fatti. Non mantelli da mille lire, né ragazze che scappano per cercar fortuna, né denari per comperarle, né carrozze che costano tante migliaia di lire, né omnibus, né tramvai, che levano il pane di bocca alla povera gente. Se ci hanno a essere delle vetture devono lasciarsi soltanto quelle che fanno il mestiere, in piazza della Scala, e levar di mezzo anche quella del n. 26, che trova sempre il modo di mettersi in capofila.

Il Bigio la sapeva lunga, a furia di leggere il giornale. In piazza della Scala teneva cattedra, e chiacchierava come un predicatore in mezzo ai camerati, tutta notte, l'estate, vociando e rincorrendosi fra le ruote delle vetture per passare il tempo, e di tanto in tanto davano una capatina dal liquorista che aveva tutta la sua bottega lì nella cesta, sulla panca della piazza. L'è un divertimento a stare in crocchio a quell'ora, al fresco, e di tanto in tanto vi pigliano anche per qualche corsa. Il posto è buono, c'è lì vicino la Galleria, due teatri, sette caffè, e se fanno una dimostrazione a Milano, non può mancare di passare di là, colla banda in testa. Ma in inverno e' s'ha tutt'altra voglia! Le ore non iscorrono mai, in quella piazza bianca che sembra un camposanto, con quei lumi solitari attorno a statue fredde anch'esse. Allora vengono altri pensieri in mente - e le scuderie dei signori dove non c'è freddo, e l'Adele che ha trovato da stare al caldo. - Anche colui che predica di giorno l'eguaglianza nel giornale, a quell'ora dorme tranquillamente, o se ne torna dal teatro, col naso dentro la pelliccia.

Il caffè Martini sta aperto sin tardi, illuminato a giorno che par si debba scaldarsi soltanto a passar vicino ai vetri delle porte, tutti appannati dal gran freddo che è di fuori; così quelli che ci fanno tardi bevendo non son visti da nessuno, e se un povero diavolo invece piglia una sbornia per le strade, tutti gli corrono dietro a dargli la baia. Di facciata le finestre del club sono aperte anch'esse sino all'alba. Lì c'è dei signori che non sanno cosa fare del loro tempo e del loro denaro. E allorché sono stanchi di giuocare fanno suonare il fischietto, e se ne vanno a casa in legno, spendendo solo una lira. Ah! se fosse a cassetta quella povera donna che sta l'intera notte sotto l'arco della galleria, per vendere del caffè a due soldi la tazza, e sapesse che porta delle migliaia di lire, vinte al giuoco in due ore, nel paletò di un signore mezzo addormentato, passando lungo il Naviglio, di notte, al buio!...

O quegli altri poveri diavoli che fingono di spassarsi andando su e giù per la galleria deserta, col vento che vi soffia gelato da ogni parte, aspettando che il custode vòlti il capo, o finga di chiudere gli occhi, per sdraiarsi nel vano di una porta, raggomitolati in un soprabito cencioso.

Questi qui non isbraitano, non stampano giornali, non si mettono in prima fila nelle dimostrazioni. Le dimostrazioni gli altri, alla fin fine, le fanno a piedi, senza spendere un soldo di carrozza.

AL VEGLIONE

C'era andato a portare un paniere di bottiglie, di quelle col collo inargentato, nel palco della contessa, e s'era fermato col pretesto di aspettare che le vuotassero; tanto, in cinque com'erano nel palchetto, non potevano asciugarle tutte, e qualcosa sarebbe rimasta anche in fondo ai piatti. Sicché alle sue donne aveva detto: - Aspettatemi alla porta del teatro, in mezzo alla gente che sta a veder passare i signori -.

Lì, sull'uscio del palchetto, i servitori lo guardavano in cagnesco, coi loro faccioni da prete, ché i padroni stessi, là dentro il palco, come li aveva visti da una sbirciatina attraverso il cristallo, non stavano così impalati e superbiosi come quei servitori nelle loro livree nuove fiammanti.

Nel palco era un va e vieni di signori colla cravatta bianca, e il fiore alla bottoniera, come i lacchè delle carrozze di gala, che pareva un porto di mare. E ogni volta che l'uscio si apriva arrivava come uno sbuffo di musica e d'allegria, una luminaria di tutti i palchetti di faccia, e una folla di colori rossi, bianchi, turchini, di spalle e di braccia nude, e di petti di camicia bianchi. Anche la contessa aveva le spalle nude e le voltava al teatro, per far vedere che non gliene importava nulla. Un signore che le stava dietro, col naso proprio sulle spalle, le parlava serio serio, e non si muoveva più di lì, che doveva sentir di buono quel posto. L'altra amica, una bella bionda, badava invece a rosicarsi il ventaglio, guardando di qua e di là fuori del palco, come se cercasse un terno al lotto, e si voltava ogni momento verso l'uscio del corridoio, con quei suoi occhi celesti e quel bel musino color di rosa, tanto che il povero Pinella si faceva rosso in viso, come c'entrasse per qualcosa anche lui.

Ah, la Luisina che era lì fuori, nella folla, non gli era sembrata fatta di quella pasta nemmeno quando l'aspettava alla porta dei padroni, via S. Antonio, la domenica, che s'erano picchiati col servitore del pian di sotto, il quale pretendeva che la Luisina desse retta a lui, perché ci aveva il soprabitone coi bottoni inargentati.

Quest'altro, quel faccione da prete, impalato dietro l'uscio, gli disse: - E lei? Cosa sta ad aspettare qui?

- Aspetto le bottiglie, - rispose Pinella.

- Le bottiglie? Gliele daremo poi, le bottiglie; dopo cena. C'è tempo, c'è tempo.

- Fossi matto! - pensava Pinella sgattaiolando pel corridoio. - Di qui non mi muovo! -

Egli aveva visto che il suo padrone di casa per entrare in teatro aveva pagato 10 lire, sbuffando, ansimando pel grasso, rosso come un tacchino dentro il suo zimarrone di pelliccia, tastando i biglietti nel portafogli colle dita corte. Fortuna che non aveva scorto Pinella, se no gli chiedeva lì stesso i denari della pigione.

Egli era già salito due volte sino al quinto piano, soffiando, per riscuoterli. Ma la Luisina aveva acchiappato un reuma alla gamba, collo star di notte a vendere il caffè sotto l'arco della Galleria, e quei pochi soldi che buscava la Carlotta vendendo paralumi per le strade e nei caffè, se n'erano andati tutti in quel mese che la mamma era stata in letto.

Per le scale, e nei corridoi, c'era folla anche là. Mascherine che strillavano e si rincorrevano; signore incappucciate, giovanotti col cappello sotto il braccio che le appostavano a chiacchierare sottovoce in un cantuccio all'oscuro. Pinella riuscì a ficcarsi in un andito, fra le assi del palcoscenico, dietro una gran tela dipinta, dove c'erano degli strappi che parevano fatti apposta per mettervi un occhio. Là si stava da papa. Sembrava una lanterna magica. Vedevasi tutto il teatro, pieno zeppo, dappertutto fin sulle pareti, per cinque piani. Lumi, pietre preziose, cravatte bianche, vesti di seta, ricami d'oro, braccia nude, gambe nude, gente tutta nera, strilli, colpi di gran cassa, squilli di tromba, stappare di bottiglie, un brulichio, una baraonda.

- Bello! eh? - gli soffiò dietro le orecchie un ragazzone che era entrato di straforo come lui.

- Eccome! - esclamò Pinella - E' si divertono per 10 lire! - Lì davanti, su di una panca a ridosso della scena, erano sedute due mascherine, e cercavano di esser sole anche loro, perché avevano un mondo di cose da dirsi. Lui, il giovanotto, gliele lasciava cascare sul collo, che la ragazza aveva bianco e delicato, così che quei ricciolini sulla nuca tremavano come avessero freddo, e le spalle pure trasalivano, e si facevano rosse mentre ella chinava il capo, non ricordandosi neppure che ci aveva la maschera sul viso.

- La ci casca! La casca! - gongolava il vicino di Pinella. Ma il povero Pinella in quel momento osservava che la ragazza era magrolina e aveva i capelli castagni come la Carlotta. E l'altro insisteva, insisteva, col fiato caldo sul collo di lei, che avvampava quasi ci si scaldasse, e ritirava pian piano gli stivalini di raso sotto la panca, come per nascondere le gambe nude, nella maglia color di rosa, che luccicava qua e là, e sembrava arrossire anch'essa.

Ah, la Carlotta aspettava di fuori, al freddo, è vero; ma Pinella era più contento così. - La ci va! La ci va! - continuava il suo vicino. La ragazza s'era levata, per forza, col mento sul petto, e il seno che si contraeva come un mantice, sotto i ricami d'oro falso. L'altro le aveva preso il braccio, e la tirava, la tirava. Ella si lasciava tirare, passo passo, colle gambe nude che esitavano l'una dietro l'altra. - Tombola! - urlò loro dietro il ragazzaccio. E sparvero nella folla.

Pinella se ne andò anche lui col cuore grosso, pensando che una volta aveva sorpreso la Carlotta in piazza della Rosa, a chiacchierare con un giovanotto, proprio come quest'altro, colle guance rosse e il mento sul petto. Ella aveva trovato il pretesto che il giovanotto era un avventore il quale aveva bisogno di una dozzina di paralumi, a casa sua.

A cavalcioni sul parapetto di un palco in prima fila si vedeva una ragazza, vestita all'incirca tal quale l'aveva messa al mondo sua madre, e a viso scoperto, che era bello come il sole, e non aveva bisogno di nasconder nulla. Colle gambe che lasciava spenzolare fuori del palco, minacciava tutti quelli che le venivano a tiro, giovani, vecchi, signori, quel che fossero, e se uno non chinava il capo nel passare dinanzi a lei, glielo faceva chinare per forza. Né ci era da aversela a male, tanto era bella e allegra col bicchiere in mano e le braccia bianche levate in alto; e conosceva tutti, e li chiamava col tu per nome a uno ad uno. Ad un bel giovane che le sorrideva sotto il palco, ritto e fiero ella gli vuotò sul capo il bicchiere di sciampagna.

- Questo qui, - disse uno nella folla, - s'è maritato che non è un mese, e la sposa è lì che guarda, in seconda fila -.

La sposa in seconda fila, tutta bianca e col viso di ragazza, stava a vedere, seria seria, e con grand'occhi intenti.

- Adesso, - pensò Pinella, l'è ora di andare dalla contessa, per le bottiglie -.

Nel palco colle cortine rosse calate, dopo l'allegria di prima, s'erano fatti tutti seri e taciturni, che non vedevano l'ora di andarsene, e posavano i gomiti sulla tavola, carica di lumi e d'argenterie, coi mazzi di fiori da cento lire buttati in un canto.

Nello stanzino dirimpetto i servitori mangiavano in fretta, mentre sparecchiavano, imboccando le bottiglie a guisa di trombetta, appena fuori del palco, cacciando i guanti nelle salse e nei dolciumi, lustri e allegri come mascheroni di fontana. Quello del faccione, il superbioso, appena vide arrivare Pinella, cominciò a sclamare: - Corpo!... - e voleva mandarlo via. Ma un vecchietto tutto bianco e raggricchiato in una livrea color marrone, disse:

- No! No! lasciatelo stare. Ce n'è per tutti. È carnevale, allegria! allegria! -

Anzi gli tagliò una bella fetta di pasticcio, e un altro, colla bocca piena, bofonchiò:

- E' costa cento lire -.

Il vecchiotto, rizzando su la personcina, aggiunse: - Quando stavo col duca, nel palco, a ogni veglione, si stappavano delle bottiglie per più di 1000 lire -.

- Presto! presto! - venne a dire il faccione, forbendosi il mento in furia con una tovaglia sudicia. - I padroni hanno ordinato le carrozze -.

A Pinella, sembrava invece che andavano via sul più bello, e mentre raccoglieva le bottiglie non sapeva capacitarsi perché si sciupassero tanti denari e tanti pasticci da 100 lire se ci si annoiava così presto. Ora che aveva bevuto si sentiva anch'egli il caldo e la smania dell'allegria. I palchi cominciavano a vuotarsi, e dagli usci spalancati intanto si vedeva la folla irrompere di nuovo in platea come un fiume, coi volti accesi, i capelli arruffati, le vesti discinte, le maglie cascanti, le cravatte per traverso, i cappelli ammaccati, strillando, annaspando, pigiandosi, urlando, in mezzo al suono disperato dei tromboni, ai colpi di gran cassa; e un tanfo, una caldura, una frenesia che saliva da ogni parte, un polverìo che velava ogni cosa, denso, come una nebbia, sulla galoppa che girava in fondo a guisa di un turbine, e da un canto, in mezzo a un cerchio di signori in cravatta bianca, pallidi, intenti, ansiosi, che facevano largo per vedere, una coppia più sfrenata delle altre, cogli occhi schizzanti fuori della maschera come pezzi di carbone acceso, i denti bianchi, ghignando, il viso smorto, la testa accovacciata, gli omeri che scappavano dal busto, le gambe nude che s'intrecciavano, con molli contorcimenti dei fianchi. E in seconda fila lassù, la bella sposina dal viso di ragazza, tutta bianca, ritta dinanzi al parapetto, che spalancava gli occhi curiosi, indugiando, mentre suo marito le poneva la mantiglia sulle spalle, e trasaliva al contatto dei guanti di lui.

La Luisina e la Carlotta aspettavano alla porta del teatro, nella piazza bianca di neve, col viso rosso, battendo i piedi e soffiando sulle dita in mezzo alla folla che spalancava gli occhi per veder passare le belle dame imbacuccate nelle pellicce bianche, dietro i vetri scintillanti delle carrozze. E ad ogni modesto legno di piazza che si avanzava barcollando, la Carlotta guardava le coppie misteriose che vi montavano, accompagnava le gambe in maglia color di rosa cogli stessi grandi occhi avidi e curiosi della sposina tutta bianca, che era in seconda fila.

IL CANARINO DEL N. 15

Come il bugigattolo dei portinai non vedeva mai il sole, e avevano una figliuola rachitica, la mettevano a sedere nel vano della finestra, e ve la lasciavano tutto il santo giorno, sicché i vicini la chiamavano "Il canarino del n. 15".

Màlia vedeva passar la gente; vedeva accendere i lumi la sera; e se entrava qualcuno a chiedere di un pigionale rispondeva per la mamma, la sora Giuseppina, che stava al fuoco, o a leggere i giornali dei casigliani.

Sinché c'era un po' di luce faceva anche della trina, con quelle sue mani pallide e lunghe; e un giovanetto della stamperia lì dicontro, al veder sempre dietro i vetri quel visetto, che era delicato, e con delle pèsche azzurre sotto gli occhi, se n'era come si dice innamorato. Ma poi seppe la storia del canarino, e di mezza la persona che era morta sino alla cintola, e non alzò più gli occhi, quando andava e veniva dalla stamperia.

Ella pure ci aveva badato: tanto nessuno la guardava mai! e quel po' di sangue che le restava le tingeva come una rosa la faccia pallida, ogni volta che udiva il passo di lui sull'acciottolato. La stradicciuola umida e scura le sembra gaia, con quello stelo di pianticella magra che si dondolava dal terrazzino del primo piano e quei finestroni scuri della tipografia dirimpetto, dov'era un gran lavorìo di pulegge, e uno scorrere di strisce di cuoio, lunghe, lunghe, che non finivano mai, e si tiravano dietro il suo cervello, tutto il giorno. Sul muro c'erano dei gran fogli stampati, che ella leggeva e tornava a leggere, sebbene li sapesse a memoria; e la notte li vedeva ancora, nel buio, cogli occhi spalancati, bianchi, rossi, azzurri, mentre si udiva il babbo che tornava a casa cantando con voce rauca: - O Beatrice, il cor mi dice -.

Ella pure, la Màlia si sentiva gonfiare in cuore la canzone, quando i monelli passavano cantando e battendo gli zoccoli sul terreno ghiacciato, nella nebbia fitta. Ascoltava, ascoltava, col mento sul petto, e provava e riprovava la cantilena sottovoce, davvero come un canarino che ripassi la parte.

Diventava anche civettuola. La mattina, prima che la mettessero dietro la finestra, si lisciava i capelli, e ci appuntava un garofano, quando l'aveva, con quelle mani scarne. Come la Gilda, sua sorella, si attillava per andar dalla sarta, col velo nero sulla testolina maliziosa, e cutrettolava vispa vispa nella vestina tutta in fronzoli, la guardava con quel sorriso dolce e malinconico sulle labbra pallide, poi la chiamava con un cenno del capo, e voleva darle un bacio. Un giorno che la Gilda le regalò un fiocchetto di nastro smesso, ella si fece rossa dal piacere. Alle volte le moriva sulle labbra la domanda se nei giornali non ci fosse un rimedio per lei.

La poveretta non si stancava mai di aspettare che quel giovane tornasse ad alzare il capo verso la finestra. Aspettava, aspettava, cogli occhi alla viuzza, e le dita scarne che facevano andare la spoletta. Ma poi lo vide che accompagnava la Gilda, passo passo, tenendo le mani nelle tasche, e si fermarono ancora a chiacchierare sulla porta.

Si vedeva soltanto la schiena di lui, che le parlava con calore, e la Gilda pensierosa raspava nel selciato colla punta dell'ombrellino. Essa poi disse:

- Qui no, che c'è la Màlia a far la sentinella, ed è una seccatura -.

Alfine un sabato sera il giovanotto entrò anche lui insieme alla Gilda, e si misero a chiacchierare colla sora Giuseppina, che metteva delle castagne nella cenere calda. Si chiamava Carlini; era scapolo, compositore-tipografo, e guadagnava 36 lire la settimana. Prima d'andarsene diede la buona sera anche alla Màlia, che stava al buio nel vano della finestra.

D'allora in poi cominciò a venire sovente, poi quasi ogni sera. La sora Giuseppina aveva preso a volergli bene, pel suo fare ben educato, ché non veniva mai colle mani vuote: confetti, mandarini, bruciate, alle volte anche una bottiglia sigillata. Allora si fermava in casa anche il babbo della ragazza, il sor Battista, a chiacchierare col Carlini come un padre, dicendogli che voleva cucirgli lui il primo vestito nuovo, se mai. Egli ci aveva là il banco e le forbici da sarto, e il ferro da stirare, e l'attaccapanni, e lo specchio dei clienti. Adesso lo specchio serviva per la Gilda. Mentre il giovane aspettava l'innamorata, si metteva a discorrere colla Màlia; le parlava della sorella, le diceva quanto le volesse bene, e che incominciava a mettere dei soldi alla Cassa di Risparmio. Appena tornava la Gilda si mettevano a sussurrare in un cantuccio, bocca contro bocca, pigliandosi le mani allorché la mamma voltava le spalle.

Una sera egli le diede un grosso bacio dietro l'orecchio, mentre la sora Giuseppina sbadigliava in faccia al fuoco, e Carlini credeva che nessuno li vedesse, tanto che alle volte se ne andava senza pensare nemmeno che la Màlia fosse là, per darle la buonanotte. Una domenica arrivò tutto contento colla nuova che aveva trovata la casa che ci voleva: due stanzette a Porta Garibaldi, ed era anche in trattative per comprare i mobili dell'inquilino che sloggiava, un povero diavolo col sequestro sulle spalle, per via della pigione. Il Carlini era così contento che diceva alla Màlia:

- Peccato che non possiate venire a vederla anche voi! -

La ragazza si fece rossa. Ma rispose:

- La Gilda sarà contenta lei -.

Ma la Gilda non sembrava molto contenta. Spesso il Carlini l'aspettava inutilmente, e si lagnava colla Màlia di sua sorella, che non gli voleva bene come lui gliene voleva, e gli lesinava le buone parole e tutto il resto. Allora il povero giovane non la finiva più coi piagnistei; raccontava ogni cosa per filo e per segno: che piacere le aveva fatto la tal parola, come sorrideva con quella smorfietta, come s'era lasciata dare quel bacio. Almeno provava un conforto nello sfogarsi colla Màlia. Gli pareva quasi di parlare colla Gilda, tanto la Màlia somigliava a sua sorella, nell'ombra, mentre lo ascoltava guardandolo con quegli occhi. Arrivava perfino a prenderle la mano, dimenticando che era mezzo morta su quella seggiola.

- Guardate, - le diceva. - Vorrei che la Gilda foste voi, col cuore che avete! -

Stava lì per delle ore, colle mani sui ginocchi, finché tornava la Gilda. Almeno udiva il trottarello lesto dei suoi tacchetti, e la vedeva arrivare con quel visetto rosso dal freddo, e quegli occhi belli che interrogavano in giro tutta la stanzetta al primo entrare. La Gilda era vanarella e ambiziosa; gli aveva proibito di accompagnarla colla sua camiciuola turchina da operaio, quando andava impettita per via. Una sera Màlia la vide tornare a casa in compagnia di un signorino, di cui la tuba lucida passava rasente al davanzale, e si fermarono sulla porta come faceva prima col Carlini. Ma a costui non disse nulla.

Il poveraccio s'era dissestato. La pigione di casa, i mobili da pagare, i regalucci per la ragazza, il tempo che perdeva: tanto che il direttore della tipografia gli aveva detto: - A che giuoco giuochiamo? - Egli tornava a confidarsi colla Màlia, e la pregava:

- Dovreste parlagliene voi a vostra sorella -.

Gilda fece una spallucciata, e rispose alla Màlia:

- Piglialo tu -.

A capodanno il Carlini portò in regalo un bel taglio di lanina a righe rosse; tanto rosse che la Gilda diede in uno scoppio di risa, e disse che era adatta per qualche contadina di Desio o di Gorla, come le aveva viste a Loreto. Il giovanotto rimaneva mortificato con l'involto in mano, ripiegandolo adagio adagio, e lo offrì alla Màlia, se lo voleva lei.

Era il primo regalo che la Màlia riceveva e le parve una gran cosa. La sora Giuseppina, per scusare l'uscita della Gilda, prese a dire che quella ragazza era di gusto fine, come una signora, e non trovava mai cosa abbastanza bella pel suo merito. - Per quella figliuola là non sto mica in pena - soleva dire.

La Gilda infatti veniva a casa ora con una mantiglia nuova, che le gonfiava il seno tutto di frange, ora con le scarpine che le strizzavano i piedi, ed ora con un cappellaccio peloso che faceva ombra sugli occhi lucenti al pari di due stelle. Una volta portò un braccialetto d'argento dorato, con una ametista grossa come una nocciuola, che passò di mano in mano per tutto il vicinato. La mamma gongolava e strombazzava i risparmi che faceva la figliuola dalla sarta. La Màlia volle vedere anche lei; e il babbo stava per stendere le mani, e lo chiese in prestito per una sera, onde mostrarlo agli amici, dal tabaccaio e dal liquorista lì accanto. Ma la Gilda si ribellò. Allora il sor Battista cominciò a gridare se ella tornava a casa tardi, e a sfogarsi con Carlini che perdeva il suo tempo e i regalucci dietro quell'ingrata, la quale non aveva cuore nemmeno pei genitori. Gilda un bel giorno gli levò l'incomodo di aspettarla più.

Malgrado le sbravazzate del sor Battista nella casa ci fu il lutto. La sora Giuseppina non fece altro che brontolare e litigare col marito tutta sera. Il sor Battista andò a letto ubbriaco. La Màlia udì sino all'alba il Carlini che aspettava passeggiando nella strada.

Poi la sora Carolina, che vendeva i giornali lì alla cantonata, venne a raccontare qualmente avevano vista la Gilda in Galleria, vestita come una signora. Il babbo giurò che voleva andare col Carlini in traccia del sangue suo, quella domenica, e l'accompagnarono a casa che non si reggeva in piedi.

Il Carlini si era affiatato col sor Battista. Lavorava soltanto quando non poteva farne a meno, ora qua e là nelle piccole stamperie, l'accompagnava all'osteria, e tornavano a braccetto. In casa s'era fatto come un della famiglia per abitudine. Accendeva il fuoco o il gas per le scale, menava la tromba, teneva sempre in ordine i ferri del sarto, caso mai servissero, e scopava anche la corte, per risparmiare la sora Giuseppina, giacché suo marito non stava in casa gran fatto. La sora Giuseppina, per gratitudine, voleva fargli credere che la Gilda gli volesse sempre bene, e sarebbe tornata un giorno o l'altro. Egli scuoteva il capo; ma gli piaceva discorrerne colla vecchia, o colla Màlia, che somigliava tutta a sua sorella. Gli pareva di alleggerirsi il cuore in tal modo, quando ella l'ascoltava fra chiaro e scuro, fissandolo con quegli occhi. E una volta che era stato all'osteria, e si sentiva una gran confusione dalla tenerezza, le diede anche un bacio.

La Màlia non gridò: ma si mise a tremare come una foglia. Già non c'era avvezza, e la mamma per lei non stava in guardia. L'indomani, a testa riposata, Carlini era venuto a chiacchierare come il solito, spensierato e indifferente. Ma la poveretta si sentiva sempre quel bacio sulla bocca, col fiato acre di lui, e vi aveva pensato tutta la notte. Allora in principio di primavera, come se quel bacio fosse stato del fuoco vivo, Màlia cominciò a struggersi e a consumarsi a poco a poco. La mamma ripeteva alla sora Carolina e alla portinaia della casa accanto che il male le saliva dalle gambe per tutta la persona. Il medico glielo aveva detto.

Il marzo era piovoso. Tutto il giorno si udiva la grondaia che scrosciava sul tetto di vetro della stamperia, e la gente che sfangava per la stradicciuola. Ogni po' si fermava alla porta un legno grondante acqua, e sbattevano in furia gli sportelli e l'usciale.

- Questa è la Gilda, - esclamava la mamma. La Màlia pallida cogli occhi fissi alla porta, non diceva nulla, ma s'affilava in viso. Poi nell'ora malinconica in cui anche la finestra si oscurava, passava la voce lamentevole di quel che vendeva i giornali: - *Secolo! il Secolo!* - come una malinconia che cresceva. E la Gilda non veniva.

Al san Giorgio, com'era tornato il bel tempo, la giornalista lì accanto ed altri vicini progettarono una gita in campagna. Il Carlini, che s'era fatto di casa, fu della partita anche lui. La sera scesero dal tramvai tutti brilli, e portando delle manciate di margheritine e di fiori di campo. Il Carlini, in vena di galanteria, volle regalare alla Màlia tutti quei fiori che gli impacciavano le mani. La povera malata ne fu contenta, come se le avessero portato un pezzo di campagna. Dal suo lettuccio aveva vista la bella giornata di là dalla finestra, sul muro dirimpetto che sembrava più chiaro, colla pianticella del terrazzino che metteva le prime foglie. Ella voleva che le piantassero quei fiorellini in un po' di terra, perché non morissero, in qualche coccio di stoviglia, che ce ne dovevano essere tante in cucina. Un capriccio da moribonda, si sa. Gli altri rispondevano ridendo che era come far camminare un morto. Per contentarla ne collocarono alcuni in un bicchier d'acqua sul cassettone, e a fine di tenerla allegra tirarono fuori il discorso della veste a righe rosse e nere, tuttora in pezza, che la Màlia si sarebbe fatta fare, quando stava meglio. Suo padre ci aveva le forbici, e il refe e tutti i ferri del mestiere. La poveretta li ascoltava guardandoli in volto ad uno ad uno, e sorrideva come una bambina. Il giorno dopo i fiori del bicchiere erano morti. Nel bugigattolo mancava l'aria per vivere. L'estate cresceva. Giorno e notte bisognava tener spalancata la finestra pel gran caldo. Il muro di faccia si era fatto giallo e rugoso. Quando c'era la luna scendeva sin nella stradicciuola in un riflesso chiaro e smorto. Si udivano le mamme e i vicini chiacchierare sulle porte.

Al ferragosto il sor Battista coi denari delle mance prese una sbornia coi fiocchi, e si picchiarono colla sora Giuseppina. Il Carlini, nel far da paciere, si buscò un pugno che l'accecò mezzo.

La Màlia quella sera stava peggio; e con quello spavento per giunta, il medico che veniva pel primo piano disse chiaro e tondo che poco le restava da penare, povera ragazza.

A quell'annunzio babbo e mamma fecero la pace, e venne anche la Gilda vestita di seta, senza che si sapesse chi glielo aveva detto.

La Màlia invece credeva di star meglio, e chiese che le sciorinassero sul letto il vestito in pezza del Carlini, onde "farci festa" diceva lei. Stava a sedere sul letto, appoggiata ai guanciali, e per respirare si aiutava muovendo le braccia stecchite, come fa un uccelletto delle ali.

La sora Carolina disse che bisognava andare pel prete, e il babbo che quelle minchionerie le aveva sempre disprezzate col *Secolo*, se ne andò all'osteria in segno di protesta. La sora Giuseppina accese due candele, e mise una tovaglia sul cassettone. Màlia, al vedere quei preparativi si scompose in viso, ma si confessò col prete, anche il bacio del Carlini, e dopo volle che la mamma e la sorella non la lasciassero sola.

Il babbo, l'aspettarono, s'intende. La sora Giuseppina si era appisolata sul canapè, e Gilda discorreva sottovoce col Carlini accanto alla finestra, credendo che la Màlia dormisse. Così la poveretta passò senza che se ne accorgessero, e i vicini dissero che era morta proprio come un canarino.

Il babbo il giorno dopo pianse come un vitello e la sua moglie sospirava:

- Povero angelo! Hai finito di penare! Ma eravamo abituati a vederla là, a quella finestra, come un canarino. Ora ci parrà di esser soli peggio dei cani -.

La Gilda promise di tornar spesso e lasciò i denari pel funerale. Ma a poco a poco anche il Carlini diradò le visite, e come aveva cambiato alloggio a San Michele, non si vide più.

Sulla finestra il babbo, per mutar vita, fece inchiodare un pezzetto d'asse, con su l'insegna "Sarto" la quale vi rimase tale e quale come il canarino del n. 15.

AMORE SENZA BENDA

Battista, il ciabattino, era morto col crepacuore che Tonio, suo eguale, fosse arrivato a metter bottega in Cordusio, e lui no: la vedova seguitava ad arrabattarsi facendo la levatrice in Borgo degli Ortolani, magra come un'acciuga, con delle mani spolpate che sembrava se le fosse fatte apposta pel suo mestiere. Tutta pel figliuolo, Sandro, un ragazzo promettente, che "l'avrebbe fatta morire nelle lenzuola di tela fine, se Dio voleva, com'era nata", diceva la sora Antonietta a tutto il vicinato; e si turava il naso colle dita gialle quando saliva certe scale. Dell'altra figlia non parlava mai: che era portinaia in San Pietro all'Orto, e il marito le faceva provar la fame.

Sandrino aveva la sua ambizione anche lui, e gli era venuta una volta che il padrone l'aveva condotto a vedere il ballo del Dal Verme, in galleria. Volle essere artista, comparsa o tramagnino. La sora Antonietta chiudeva gli occhi perché Sandrino era il più bel brunetto di Milano, - non lo diceva perché l'avesse fatto lei! - ed anche pei cinquanta centesimi che si buscava ogni sera a quel mestiere. Quando ballava la tarantella del Masaniello, vestito da lazzarone, la contessa del palchetto a sinistra se lo mangiava con gli occhi, dicevano.

A lui non glie ne importava della contessa, perché era fatta come un salame nella carta inargentata; ma ci aveva gusto pei suoi compagni di bottega, che si martellavano d'invidia a batter la suola tutto il giorno, lo canzonavano e lo chiamavano "sor conte" per gelosia.

La domenica, colla giacchetta attillata, e il virginia da sette all'aria, se ne andava girelloni sul corso, più alto un palmo del solito, a veder le contesse.

All'occorrenza parlava di tanti che erano cominciati ballerini, tramagnini al pari di lui, o anche semplici comparse, per arrivare ad essere coreografi, cavalieri, ricchi sfondolati, artisti insomma, tale e quale come il maestro Verdi. - Artisti da piedi! - rispondeva la mamma. - No, no, ci vuol altro! - Ella aveva messo gli occhi addosso alla figlia unica del padrone di casa, carbonaio, una grassona col naso a trombetta, e le mani piene di geloni sino a tutto aprile. - Con quella lì, quando fosse morto il vecchio, c'era da mettere carrozza e cavalli. Perciò teneva l'orfanella come la pupilla degli occhi suoi, le faceva da madre, la lisciava e l'accarezzava. Nelle serate a benefizio della famiglia artistica, quando la Scala rimaneva quasi vuota, si faceva dare gratis dei biglietti di piccionaia, e conduceva al ballo tutta la famiglia, il carbonaio colla camicia di bucato e la ragazza strizzata nello spenserino di seta celeste, per mostrare il suo Sandro, là, quello colle lenticchie d'oro sulle mutande, che faceva girare il lanternone! Un ragazzo di talento! Purché non si fosse indotto a far qualche scioccheria colle contesse che sapeva lei! Il carbonaio spalancava gli occhi al veder le ballerine, e diventava rosso che pareva gli stesse per venire un accidente.

Ma Sandrino non voleva saperne della carbonaia. Egli s'era innamorato di Olga, una ragazza del corpo di ballo, dal musino di gatta con tanto di pèsche sotto gli occhi, che non aveva ancora sedici anni. La mamma di lei, ortolana in via della Vetra, soleva dire alle vicine:

- Non volevo che facesse la ballerina; ma quella ragazza si sentiva il mestiere nel sangue -.

La Olga quando ammazzolava le carote colle mani sudice, chiamavasi Giovanna, e aveva una vesticciuola sbrindellata indosso. Allorché la Carlotta, lì vicino, le regalava un nastro vecchio, e poteva scappar da lei a infarinarsi il viso, borbottava tutta contenta:

- Vedete, se fossi come la Carlotta! Qui mi si rovinano le mani, ogni anno! -

E tutta sola, davanti allo specchio della ballerina, tirava su le gonnelle, e studiava i passi e le smorfie, e a dimenare i fianchi.

Alla Scala da principio se ne stava lì grulla, ritta sulle zampe come il pellicano, non sapendo cosa farne. Sandrino prese a proteggerla perché le altre ragazze la tormentavano coi motteggi.

- Non dia retta, sora Giovannina. Son canaglia, che hanno la superbia nel vestito; ma se vedesse che camicie, nello spogliatoio! - Ella, per riconoscenza, gli piantava addosso quegli occhi che facevano girare il capo.

La prima volta che si lasciò rubare un bacio, al buio nel corridoio, gli si attaccò al collo, come una sanguisuga, e giurarono di amarsi sempre. La sora Antonietta inferocita, non voleva sentirne parlare; e sbuffava ogni volta che Sandrino gliela conduceva a casa la domenica. Solo il carbonaio l'accoglieva amorevolmente, e le prendeva il ganascino, colle mani sudice che lasciavano il segno.

Sandro duro come un mulo. Infine sua madre andò a dire il fatto suo a quella di via della Vetra: - Cosa s'erano messi in testa quei presuntuosi? Volevano far sposare a Sandrino una che mostrava le gambe per cinquanta lire al mese? Meglio di quella glie ne erano passate tante per le mani, che erano cadute per l'ambizione di chiappare il sole e la luna! - Il sole e la luna! - rimbeccò l'ortolana - col bel mestiere che fa la mamma, che ogni momento vi chiamano in questura e dinanzi al giudice! - Sandrino, quella volta, s'era presi degli schiaffi nel mettere pace; e la Olga, causa innocente, per consolarlo alla prova gli saltò in mutandine sulle ginocchia, come una bambina.

- Quando quella ragazza si farà - dicevano le più esperte della scuola - vedrete! -

Intanto cominciarono a ronzarle attorno i mosconi delle sedie d'orchestra, e la Nana, a cui Sandrino giurava di voler raddrizzar le gambe storte, portava i bigliettini e i mazzi di fiori. La Olga resisteva. Ma quando il barone delle poltrone le piantava addosso l'occhialetto, la ragazza tendeva il garretto, e lasciava correre in platea delle occhiate nere come il diavolo.

La Carlotta, vedendo che quella pitocca raccolta da lei stessa, alla sua porta, voleva levargli il pane, sputava veleno contro Sandrino che vedeva e taceva. - No che non taccio! - sclamava Sandrino. - Sentirete quel che farò se me ne accorgo io! -

Una sera stava vestendosi pel ballo, col cappellaccio a piume, e il mantello ricamato d'oro quando vide passare la Nana, con un mazzo di fiori, che infilava arrancando il corridoio delle ballerine.

- Sangue di!... corpo di!... - cominciò a sbraitare; ma pel momento non poté far altro, ché di fuori chiamavano pel ballo. Olga comparve l'ultima, infarinata come un pesce, scutrettolando più che mai, e col garretto teso, quasi avesse preso un terno secco quella sera.

- Olga, - le disse Sandrino sotto la fontana di carta, mentre le ragazze si schieravano scalpicciando e sciorinando le gonnelline. - Olga, non mi fare la civetta, o guai a te!... -

La Olga avrebbe potuto stare nella prima quadriglia, tanto si sbracciava e dimenava i fianchi, che bisognava scorgerla per forza. - O che non l'abbassa mai l'occhialetto quello sfacciato! - borbottava lui, mentre sgambettava con grazia reggendo la ghirlanda di fiori di tela, sotto la quale Olga passava e ripassava luccicante e con tutte le vele al vento. Ella, per togliersi la seccatura, gli rispose che quel signore voleva godersi i denari che spendeva. - E tu ci hai gusto! - insisteva Sandro. - Lo fai apposta! Quando hai a passare sotto la ghirlanda, ti chini come se io fossi nano. - Mi chino come mi piace! - rispose lei alfine. E per giunta il direttore assestò a lui la multa.

Al vederla così caparbia, con quegli occhi indiavolati, che buttava all'aria ogni cosa, egli se la mangiava con gli sguardi come quell'altro, e ballava fuori tempo dalla rabbia. La Olga pareva che lo facesse apposta a girargli intorno senza farsi cogliere. Infine, nel galoppo finale, poté balbettarle ansante sulla nuca:

- Se tu cerchi l'amoroso nelle poltrone, troverò anch'io qualcosa nei palchi.

- Bravo! - rispose lei. - Ingégnati! -

Egli si strappava i pizzi e i ricami di dosso, buttandoli sul tavolaccio unto, e sbuffava e giurava che voleva aspettar davvero la contessa. Ma questa gli passò accanto sotto il portico senza vederlo nemmeno, e il cocchiere, impellicciato sino al naso, gli andava quasi addosso coi cavalli, senza dir: - ehi! -

Sandrino tornò mogio mogio in via Filodrammatici, donde le ragazze uscivano in frotta, e la Irma strapazzava per bene il suo banchiere che non l'aveva aspettata come al solito sotto il portico dell'Accademia. Olga veniva l'ultima, lemme lemme, col suo scialletto bianco che metteva freddo a vederlo, e un bel mazzo di rose sotto il naso.

- Vedi come la Irma sa farsi aspettare? - disse a Sandro. - Ed è un signore con cavalli e carrozza! -

Sandrino pretendeva invece che gli dicesse chi le aveva date quelle rose. Ma ella non volle dirglielo. Poi gli inventò che gliele aveva regalate la Bionda.

- Vengono da Genova, - osservò. - E costan molto! -

In questa li raggiunse una carrozza, all'angolo di via Torino, e il signore delle poltrone si affacciò allo sportello per buttare un bacio alla ragazza. Sandrino gridava e sacramentava che voleva correr dietro al legno. Ma lei lo trattenne per le falde del soprabito un po' malandato, sicché Sandrino si chetò subito.

- Perché hanno dei denari!... Ma Dio Madonna!...

- Se mi accompagni per far di queste scene preferisco andarmene tutta sola, - disse lei.

- Lo so che sei già stufa! Se sei stufa, dimmelo che me ne vado! -

Ella non rispondeva, a capo chino, dimenando i fianchi, talché Sandrino si ammansò da lì a poco. Quando era colla Olga non sentiva né il freddo, né la stanchezza, e l'avrebbe accompagnata in capo al mondo.

- Però, - brontolò lei, - qualche volta potresti pigliare un brum, col freddo che fa. Sento la neve dai buchi delle scarpe.

- Vuoi che pigliamo il brum?

- No, adesso è inutile, adesso! -

E seguitava a brontolare.

- Del resto, pel gusto che c'è... sono due anni che ho questo scialletto, e pare una tela di ragno! Come se tua madre non fosse venuta sino a casa mia per dire che volevano rubargli il figliuolo! Non siamo mica dei pezzenti, sai!

- Lascia stare, lascia stare - rispondeva lui, ma vedendo che infilava già la chiave nella toppa: - Così mi lasci, senza darmi un bacio?... -

La Olga si volse e glielo diede. Poi entrò nell'andito e chiuse l'uscio.

Il domani, Sandrino si fece anticipare quindici lire dal principale, e comperò un manicotto e una pellegrina di pelle di gatto. Ma la Olga non venne alla prova. Il giorno dopo le appiopparono la multa, ed ella snocciolò le lirette una sull'altra, sorridendo come niente fosse.

- Grandezze! - esclamò Sandrino, masticando veleno. - Ha preso l'ambo, sora Olga! -

Giurò che voleva darle due schiaffi se la incontrava col barone, in parola d'onore! E glieli diede davvero, al caffè Merlo dei Giardini Pubblici, una domenica mentre pigliava il sorbetto coi guanti sino al gomito, sotto un cappellone tutto piume. Pinf! panf! Il barone, pallido come un cencio, voleva compromettersi. Però la Olga se lo condusse via, gridandogli di non sporcarsi le mani con quello straccione.

- Straccione! - borbottava lui. - Ora che ci hai di meglio son diventato uno straccione! E par tisico in terzo grado il tuo barone! È vero che a questo mondo tutto sta nei denari! -

Ed ora faceva l'occhio di triglia alla sora Mariettina, la figlia del padrone di casa, dalla finestra del cortiletto puzzolente. - La sta bene, sora Mariettina? Gran bella giornata oggi! - La mamma sottomano aggiungeva: - Quel ragazzo è innamorato morto di lei. Ne farà una malattia, ne farà! - E si asciugava gli occhi col grembiule. La sora Marietta si sentiva gonfiare il petto sino al naso. Scendeva nel cortile, a pigliar aria, e si perdevano per la scaletta col giovane. Il babbo, sempre in mezzo al suo carbone non si accorgeva di nulla. Quando la sora Antonietta vide i ferri ben scaldati, annunziò che avrebbe fatto San Michele e se ne sarebbe andata via di quella casa per impedire il male, se era tempo.

Sandrino sospirava, guardando la ragazza; e tutti e due volevano buttarsi nel Naviglio, se avevano a lasciarsi. - Non te l'avevo detto? - esclamava la madre; e tremava che non avesse a succedere qualche guaio grosso. Quello scrupolo non le faceva chiuder occhio nella notte, e se ne confessava col sor prevosto perché ne parlasse al padre della ragazza. Ma il carbonaio, che aveva l'anima nera come la pece, non volle sentir ragione.

- Bugie! Tutta invenzione della levatrice, che non si contenta di fare quel mestiere solo -.

Allora la Mariettina, a provare ch'era vero, scappò via con Sandro. Egli le aveva detto come alla Olga: - O lei, o nessun'altra! -

In tal modo Sandrino ebbe la Mariettina, ma senza dote. E la levatrice dovette adattarvisi pel decoro dell'impiego. Allora il suocero si riconciliò con tutta la brigata, e andava dicendo che il veder quelle due tortorelle gli metteva il pizzicore di fare come loro, benedetti! Già, gli avevano preso la figliuola, e solo non poteva starci.

La sora Antonietta, abbaiando come un cane da caccia, venne a scoprire che il vecchio "impostore" gira e rigira era andato a cascare nella Olga, a Porta Renza, e gli costava un occhio del capo all'avaraccio: appartamento, donna di servizio, e mobili di mogano. Il vecchio adesso voleva sposarla per fare economia, e mettersi in grazia di Dio. La Olga non era più una ragazzina, pensava all'avvenire, e si lasciava sposare.

Sandrino, al sentire che gli portavano in casa quella poco di buono, montò sulle furie, e voleva anche piantar la moglie; tanto, colla figlia unica o senza, gli toccava sempre tirar lo spago, nella bottega del calzolaio. Sua madre più giudiziosa lo calmò dicendogli che era meglio avere la suocera sott'occhio, per poterla sorvegliare. - Il peggio è se gli appioppa qualche figliuolo! - osservava lei che se ne intendeva. - E se il vecchio non c'era cascato sino a quel giorno, non voleva dire; che il sacramento del matrimonio fa dei miracoli peggio di quello.

La Olga, credendo diventar signora, fece il suo malanno col mettersi in grazia di Dio, e gli toccò subirsi il marito, il quale intendeva fare economia dei denari spesi prima, e per giunta la sora Antonietta, tornata in pace, che non la lasciava un momento solo, onde dimostrarle che non aveva fiele in corpo.

- Tutti quei dissapori devono aver fine. - diceva alla Olga ed al Sandro. - Adesso siete quasi come madre e figlio -.

La Olga dalla noia di non veder altri in casa sua, si era riconciliata col Sandrino. Gli pareva di tornare a quei bei tempi, quando non era così grassa; e anche lui si scordava della Marietta che s'era messa sulle spalle proprio per nulla. L'altra negli occhi ci aveva sempre quella guardatura che a lui gli metteva le pulci nel sangue, e quando la baciò per far la pace, gli parve come quando l'accompagnava ogni sera in via della Vetra. - Bei tempi, eh? sora Olga? - Ella raccontava che la Irma s'era fatta sposare dal banchiere, e la Carlotta era andata a cercar fortuna in America.

- Io sola non ho sorte!

- Bada a quel che fai! - predicava la sora Antonietta; - se affibbia un figliuolo al vecchio, dell'eredità vi leccherete i baffi -.

La Marietta, lì presente, approvava del capo.

- Siete matte? - rispondeva Sandro. - La roba di mia moglie! O per chi mi pigliate? -

Egli corteggiava la madrigna allo scopo di tenerla d'occhio, né più né meno, come faceva la sora Antonietta. L'accompagnava in via della Vetra, ché la Olga non aveva ombra di superbia, e gli piaceva stare nella bottega come quand'era ragazza. L'ortolana diceva ai due ragazzi:

- Vedete! chi l'avrebbe detto? Eppure ci siete tornati! Ma la sua mamma è pure una gran linguaccia, sor Sandrino! - Lasci stare, lasci stare! - ripeteva lui. E nell'andarsene, la sora Olga gli pigiava il gomito, come a dire: - Si ricorda? -

Era là, in quella stessa stradicciuola scura e tortuosa. Una volta che non passava gente, egli la strinse fra le braccia. D'allora non ebbero più pace; il sangue bolliva nelle vene a tutti e due, e si correvano dietro come due gatti in febbraio. La sora Antonietta predicava: - Bada a quel che fai! Bada veh! - Lui turbato, coi capelli arruffati e gli occhi fuori del capo, rispondeva sempre:

- No! No! siete matta? Quello no. State tranquilla! -

Il vecchio era geloso delle visite alla mamma e della gente che ci aveva sempre fra i piedi. Lagnavasi che gli avevano fatto la chiave falsa, e l'ortolana si pappava i suoi denari; la levatrice s'era tirata anche in casa la figliuola, quella di San Pietro all'Orto, e mangiavano tutti alle sue spalle, diceva. Quei dispiaceri gli accorciarono la vita. La Olga stava chiacchierando con Sandrino allato alla tromba, colla secchia in mano, poiché arrivavano anche a quei pretesti per vedersi, e non sapevano più stare alle mosse. Egli voleva toglierle la secchia dalle mani, tutto tremante. - No! No! - rispondeva lei, a capo chino, col petto ansante, perché era gelosa della Marietta. E Sandro balbettava che la Marietta era un'altra cosa. Lo giurava anche. Volergli bene sì, ma...

In questo momento alla finestra gridarono che al marito della Olga era venuto un accidente. Sandrino scappò a chiamare la moglie e la suocera. E tutti si piantarono dinanzi al letto, col viso arcigno. Appena il vecchio poté dar segno di vita, prima che venisse il prete, mandarono pel notaio. Il moribondo nel punto di comparire al giudizio di Dio, biascicò: - La roba a chi tocca -. E se ne andò in santa pace.

Quanto all'Olga la cacciarono fuori a pedate, e Sandrino giurò che voleva tenerle gli occhi addosso anche se si mutava di camicia, per impedirle di portar via la roba della sua Mariettina. Lei, sulle scale, gridava che il vecchio ladro gli aveva rubata la gioventù, e voleva litigare e dir tutte le porcherie di quella casa. Ma Sandrino, trattenendo la moglie per le sottane l'accarezzava e le diceva: - Non dar retta! Lasciala sgolare! Sai che donnaccia! Non ti guastare il sangue per colei! Ora vogliamo stare allegri -.

SEMPLICE STORIA

Balestra era arrivato da poco al reggimento, insaccato nel cappotto; Femia stava bambinaia in via Cusani: così incontravansi spesso in piazza Castello, davanti alla banda, Femia leticando coi bambini della padrona, lui perso nella baraonda di Milano, e pensando al suo paese, colla mano sulla daga. Un bel giorno finirono col mettersi a sedere allato, sotto i castagni d'India in fiore, e scambiarono qualche parola intorno alla folla che vi era quella domenica, ai bambini della Femia i quali le davano di quelle paure col tramvai lì vicino. Carletto l'altro giorno s'era ammaccato il naso cadendo lungo disteso. - Ella baciava il fanciullo che non voleva saperne, e strillava. - Quando si è soli al mondo ci si attacca anche alle pietre. - Tale e quale come lui! Al reggimento non aveva né amici né parenti.

Da principio non si capivano; perché Balestra era di quelle parti là del Mezzogiorno dove parlano che Dio sa come facciano ad intendersi. Alle volte, dopo aver chiacchierato e chiacchierato, conchiudevano col guardarsi in faccia, grulli, e si mettevano a ridere.

Ma ci avevano preso gusto lo stesso a stare insieme. Ogni giorno, mentre Balestra aspettava la ritirata sul sedile, colle gambe ciondoloni, Femia arrivava col suo grembiale bianco, correndo dietro i marmocchi, e si davano la buona sera. Egli, chiacchierone, a poco a poco le narrò ogni cosa dei fatti suoi; che era di Tiriolo, vicino a Catanzaro, e ci aveva casa e parenti laggiù, all'estremità del paese, dove cominciano i prati, come quel pezzetto di verde che si vedeva verso l'Arco del Sempione, - quattro fratelli, e il padre carrettiere; l'avrebbero voluto in cavalleria per questo motivo, se non era il deputato che aveva da fare con suo padre - un ricco signore. Ma Balestra non vedeva l'ora di tornarsene a casa, quando piaceva a Dio, perché ci aveva l'innamorata, Anna Maria della Pinta, che gli aveva promesso d'aspettarlo, se tornava vivo. - E tirava fuori dal cappotto anche le lettere sudice e logore di Anna Maria - sapeva di lettere - un pezzo di ragazza così. Femia, che non aveva avuto mai un cane intorno, s'inteneriva, gli guardava commossa gli occhietti lustri di quelle memorie, e il naso a trombetta che sembrava parlare anch'esso, tanto aveva il cuore pieno, e acconsentiva del capo. Anche lei ci aveva in testa un cristiano delle sue parti là del Bergamasco, il quale era andato fuori regno a cercare fortuna. Erano vicini di casa e lo vedeva andare e venire ogni giorno; null'altro. Prima di partire egli l'aveva pregata di tenergli d'occhio la casa, mentr'era via. Quando non se ne ha, bisogna ingegnarsi. Ella si era messa a servire per raggranellare un po' di corredo. Ora aveva il bisognevole e ogni cosa meglio di prima; ma pensava sempre al suo paese, quantunque non ci avesse più nessuno.

Un giorno il caporale si alzò colle lune a rovescio, e appioppò otto giorni di consegna a Balestra, per un bottone che mancava alla stringa del cappotto. - E al superiore non si risponde nemmeno che non si possono avere gli occhi di dietro. - Femia, inquieta, si avventurò sino alla porta del castello, in mezzo alle carrette degli aranci, e ai soldati di cavalleria che strascinavano le sciabole. Allorché lo rivide finalmente la domenica, coi guanti di bucato, fu una vera festa.

- O come?

- Ma già! - rispose lui. - Questo vuol dire militare! -

Alle volte le dava del tu, all'uso del suo paese. Ma ella si faceva rossa dalla contentezza, come se fosse per un altro motivo. Allora si lagnò che stesse zitto, se aveva bisogno che gli attaccassero un bottone, o altro, quasi gli amici non ci fossero per nulla.

Balestra grato la regalò di sorbetti, lei ed i bambini, schierati dinanzi alla carretta, che ficcavano le mani nella sorbettiera; e Femia leccava il cucchiarino, adagio adagio, guardandolo negli occhi. Lui pagava da principe, coi guanti di cotone, e la treccia al chepì. Come suonava la banda, lì in piazza, si sentiva dentro il petto quelle trombe e quei colpi di gran cassa. Poi la ritirata si mise a squillare con una gran malinconia, davanti al castello tutto nero, in fondo alla piazza formicolante di lumi. Egli non sapeva risolversi a lasciare la mano di Femia, che gli stringeva le dita di tanto in tanto, anch'essa senza parlare. I bambini che si seccavano strillavano per andare alla giostra.

Femia non aveva soldi, e la mamma era tirchia. La prima volta che sgridarono Carletto perché s'era fatto uno strappo ai calzoncini, il ragazzo accusò Femia che si faceva regalare il sorbetto dal militare col quale andava a spasso.

- Cos'è questa storia del militare? - chiese la padrona. - Mi avevi assicurato d'essere una ragazza onesta -. Il padrone invece scoppiò a ridere. - La Femia, con quella faccia lì?!... -

La poveraccia si mise a piangere. Eppure del male non ne facevano. Ma adesso, quando Balestra voleva condurla verso l'Arco del Sempione, ella diceva di no, che non stava bene. Per acchetare i bambini, che non volevano allontanarsi dalla banda, gli toccava spendere; e non ostante, a ogni pretesto, la minacciavano di dir tutto alla mamma.

- Così piccoli! - diceva la Femia. - E hanno già la malizia come i grandi! -

A quei discorsi la malizia spuntava anche nel Balestra, il quale cercava sempre i posti all'ombra sotto gli alberi, e voleva menarla alla Cagnola nel tramvai, e inventava dei pretesti per levarsi d'attorno i bimbi, che sgranavano gli occhi, neri così. Di soppiatto le stringeva la mano, dietro la schiena; o faceva finta di nulla, lasciandosi poi andare sulla spalla di lei, mentre camminavano passo passo, guardando in terra, e spingendo i ciottoli col piede, sentendo un gran piacere a quella spalla che toccava l'altra. Una volta arrivò a darle una strappata alla gonnella, di nascosto, colla faccia rossa e gli occhi che fingevano di guardare altrove, ma gli schizzavano dalla visiera del chepì. Infine spiattellò: - Mi vuoi bene, neh? - E non sapeva come l'amore fosse venuto.

Femia gli voleva bene. Ma terminata la ferma egli se ne sarebbe andato via, e perciò era meglio lasciar stare. Balestra pensava che quando sarebbe tornato a casa, avrebbe trovato l'Anna Maria che l'aspettava, se Dio vuole.

Non importa. Intanto c'era tempo. Piuttosto lei, che pensava ancora a quell'altro, di là fuori regno. Gli faceva delle scene di gelosia per quel cosaccio. Femia giurava che non ci pensava più, davanti a Dio!

- Così farete anche voi, quando ve ne andrete via di qua.

- Intanto abbiamo tempo, - rispondeva lui. - Ho ancora trenta mesi da star soldato -.

Gli pareva che da soldato dovesse sempre stare a Milano. Però un giorno arrivò dalla Femia tutto sossopra, coll'annunzio che partiva per Monza tutto il battaglione. Ella non voleva crederci, lì sull'uscio della portinaia, la quale fingeva di non veder nulla. Poi osservò che almeno Monza non era lontana; ma al risalir le scale sentì al tremore delle gambe la gran disgrazia che l'era piombata addosso. La padrona, non si sa come, venne a sapere del militare che bazzicava in portineria e le diede gli otto giorni per cercarsi un'altra casa. Femia sbalordita com'era dall'angustia, non sentì nemmeno il colpo. Il domani, a qualunque costo, volle andare a salutare Balestra alla stazione.

Erano tutti sul piazzale, coi sacchi in fila per terra, pigiandosi attorno alle carrette dei fruttivendoli. Balestra le corse incontro, coi suoi arnesi da viaggio a tracolla, e il chepì foderato di bianco. Che crepacuore, al vederlo così! Andavano su e giù pel viale, col cuore stretto; e quando fu il momento di partire, egli la tirò in disparte e la baciò.

Per fortuna Monza non era lontana. Ella gli aveva promesso di andarlo subito a trovare. Ma quegli otto giorni in piazza Castello pareva che non ci fosse più nessuno, e ogni soldato che passava i bambini, poveri innocenti, chiedevano: - Balestra perché non viene? - Infine i padroni la mandarono via tutta contenta, col suo fardelletto di roba e quel gruzzolo di salario che aveva raggranellato. Gli rincresceva solo pei ragazzi, che avevano fatto male senza saperlo. Arrivò a Monza il sabato sera; ma lui non poté vederlo, perché era di guardia. Allora si sentì sconfortata, in quella città dove non conosceva nessuno.

Per Balestra il rivederla fu una festa. Desinarono insieme, e la condusse a vedere il Parco, che ognuno poteva andarci. Là gli pareva di essere nei campi del suo paese, coll'Anna Maria, e Femia si lasciava baciare come voleva lui, tutta contenta che gli volesse bene. - Peccato che non si possa star soli insieme! - diceva Balestra. Ella non rispondeva nulla.

La sera, in caserma, i camerati che l'avevano visto con quella marmotta si burlavano di lui e gli dicevano: - Che ti pareva non ce ne fossero di meglio a Monza? - Ma egli era un ragazzo costante. Piuttosto gli rincresceva che Femia ci avesse a patire negli interessi, per star dove era lui. Ei non voleva far del male ad alcuno; no davvero! Femia invece era contenta di lavorare alla filanda, lì vicino. Che gliene importava di un boccone di più o di meno? - Già non ho altri al mondo, ve l'ho detto! - Almeno si vedevano ogni domenica, perché lei esciva dal filatoio quando era già suonata la ritirata, e ci entrava appena giorno.

Balestra progettava di affittare una stanza, dove potessero vedersi in santa pace, giacché in caserma non poteva condurla, e non era un bel divertimento star sempre a passeggiare nel Parco. Ella non disse di no; ma lo guardava timorosa, con quell'innocenza che le era rimasta perché non aveva trovato mai un cane che la volesse. Nel frattempo le capitò la disgrazia d'ammalarsi. Fu un pezzo più di là che di qua, e la portarono all'ospedale di Milano. Balestra scrisse due volte. Poi seppe che aveva il vaiuolo.

Dopo circa due mesi Femia guarì, ma col viso tutto butterato; talché si vergognava a farsi vedere da Balestra in quello stato. Passarono giorni e settimane prima che si decidesse a tornare al filatoio. A poco a poco il gruzzolo di denari se n'era andato, ed era proprio necessario! Però in cuor suo era contenta che fosse necessario, perché voleva vedere cosa ne dicesse lui. Andò a Monza un sabato, come l'altra volta, per aspettare la domenica all'albergo. Il cuore le batteva, mentre vedeva i soldati che escivano dalla caserma a schiere di quattro o cinque. Balestra era dei primi, e quasi non la riconosceva. Poi disse: - Oh, poveretta, come siete ridotta! -

Andarono insieme al Parco, come al solito, discorrendo dei casi loro. Egli stava per terminare la ferma, e aspettava il congedo. - Ora, - disse, - me ne vado al mio paese -.

Femia domandava se avesse notizie dell'Anna Maria. - No, da un gran pezzo - lo sapete il proverbio: lontan dagli occhi lontan dal cuore. - Non importa, - conchiuse. - Son contento ad ogni modo di tornarmene a casa -.

Da che non s'erano più visti, egli si era trovata un'altra amante, lì nelle vicinanze. Femia lo vide insieme a lei qualche giorno dopo, che camminavano a braccetto pel viale.

Balestra era stato zitto. Quando Femia gliene parlò la prima volta, gli venne un risolino furbo, fra pelle e pelle, sotto il naso a trombetta.

- Ah, la Giulia? come lo sapete? -

Ella glielo disse. Balestra voleva sapere pure che gliene sembrava. - E così - conchiuse Femia, - se partite, lasciate anche lei?

- Già, non posso mica tirarmi dietro tutti quelli che vorrei. A questo mondo, si sa!... Ma ancora non le ho detto nulla -.

Femia andava a cercarlo, ogni volta che poteva, timidamente, per chiedergli se gli occorresse qualche cosa. Lui, grazie, non gli occorreva nulla. Quando si vedevano parlavano anche della Giulia e del congedo che non arrivava, e del poco lavoro che ci era al filatoio. Poi Balestra scappava per correre dall'altra, la quale era gelosa. Guai se lo sapesse! Questa era la sola carezza che toccasse a Femia: - guai se Giulia sapesse! -

Infine venne il giorno della partenza. Femia almeno desiderava accompagnarlo alla stazione, se si poteva... - Perché no? - disse Balestra. - Ormai, quell'altra... me ne vado via! - Del resto se pure la vedeva, si capiva che erano butteri venuti dopo, come può capitare a tutti, ed egli non l'aveva presa con quella faccia. Discorrevano sotto la tettoia, aspettando il treno, Balestra guardando di qua e di là se spuntava la Giulia. - Ma si sa, a questo mondo!... Specie ora che la Giulia era certa di non vederlo più. - Inoltre si erano un po' guastati perché lei aspettava che Balestra le lasciasse un regaluccio. Femia ci pensava, e non osava dirgli che gli aveva comperato apposta un anellino colla pietra. Balestra intanto accennava che Anna Maria, dopo tanto tempo, chissà?... Femia domandava da che parte fosse il suo paese, e quando contava d'arrivare.

In questa sopraggiunse il treno, sbuffando. Balestra raccattò in fretta le sue robe, zaino, sacco, cappotto. - Doveva tenerli di conto pel debito di massa. - Intanto ella facendosi rossa gli aveva cacciato in mano l'anello messo nella carta. Egli non ebbe il tempo di domandare cosa fosse, né perché avesse gli occhi pieni di lagrime. - Partenza! partenza! - gridava il conduttore.

<h1 style="text-align:center">L'OSTERIA DEI "BUONI AMICI"</h1>

La prima volta che agguantarono Tonino in questura, un sabato grasso, fu per via di quelle donne di San Vittorello, che l'Orbo l'aveva strascinato a far baldoria coi denari della settimana. Per fortuna non gli trovarono addosso la grossa chiave colla quale aveva mezzo accoppato il Magnocchi, merciaio.

Erano stati a mangiare e a bere all'osteria dei "Buoni Amici", lì in San Calimero, e l'Orbo aveva raccattato pure il Basletta e Marco il Nano - pagava Tonino.

Dopo, pettoruto per la spesa che aveva fatto, disse: - S'ha da andare al Carcano? - che c'era veglione quella sera. Ma subito rientrato in sé si pentì della scappata, e contava nella tasca adagio adagio i soldi che gli restavano.

Gli altri lo sbeffeggiavano. - Hai paura della mamma, neh? o della Barberina che ti tratta a sculacciate, come un bambino? - Già se loro andavano al veglione il biglietto lo pagavano a spintoni, tutti e tre ragazzi che gli bastava l'animo di passare sotto il naso delle guardie col mozzicone in bocca. E lì in teatro brancicamenti e pizzicotti alle mascherine, che non cercavano altro, tanto che il Nano e Basletta escirono a cazzotti, nel tempo che Tonino aveva condotto a bere una Selvaggia, la quale leticava coi cappelloni ogni volta, a motivo di quel gonnellino di piume che sventolava come una bandiera. Al caffè, coi gomiti sul tavolino, si erano dette delle sciocchezze, e la Selvaggia ci rideva su, col petto che gli saltava fuori, dall'allegria. Tonino gli avrebbe pagata mezza la bottega, sinché ne aveva in tasca, tanto erano ladri quegli occhi tinti col carbone, e quel fiore di pezza nei capelli, che gli avevano fatto come un'imbriacatura. E gli proponeva questo, e gli proponeva quell'altro, come uno che se ne intendeva ed era del mestiere, tavoleggiante al caffè della Rosa, lì a San Celso. L'Orbo, accorso all'odor del trattamento, andava dicendo che Tonino era figlio della prima erbaiuola del Verziere, e poteva spendere. Ma la ragazza voleva tornare a ballare, to'! Era venuta pel veglione. Poi non aveva più sete; grazie tante; un'altra volta. Tonino più s'accendeva: - Ancora un valzer, bellezza! - E ci si metteva tutto, col suo bel garbo di giovane di caffè, pettinato a ricciolini, dimenando il busto, le gambe che s'intrecciavano a quelle di lei, e sotto il naso quel petto che gli infarinava il vestito. - Mi lasci andare, caro lei, in parola d'onore. Ci ho lì il mio ballerino che mi ha pagato il costume, quel turco che fa gli occhiacci. Se vuol venire a trovarmi sa dove sto di casa, a San Vittorello; cerchi dell'Assunta -.

Tonino, rosso come un gallo, gli avrebbe mangiato il naso a quel turco, anima sacchetta! L'Orbo, che gli stava alle costole non avendo altro da fare, lo calmava così:

- Finiscila, e andiamo a bere -.

Là fuori aspettavano Marco il Nano e Basletta, masticando un mozzicone di sigaro, e colle mani in tasca. Per scaldarsi andarono insieme dal Gaina. Tonino, che gli bruciava il sangue dal bere e dalla gelosia, ed anche di quel che gli dicevano che stesse sotto le gonnelle di sua sorella, sbraitava che voleva fare uno sproposito, porca l'oca! Voleva andare ad aspettare l'Assunta in barba al turco, proprio sulla sua porta, a San Vittorello! E gli altri, Marco il Nano e Basletta, a ridergli sul naso.

Lui, per mostrare che era in sensi, non l'avrebbero tenuto in quattro. - Lascia andare, via! A quest'ora non ci aprono più ti dico. Piuttosto andiamo dal Malacarne che ha il valpolicella buono! - Tonino, buon figliuolo, da un momento all'altro, dimenticava ogni cosa e si lasciava condurre dove volevano, allegro come un pesce, sgolandosi a cantare la *Mariettina*, e come incontravano delle maschere gli gridavano dietro delle porcherie.

Il Nano che aveva il vino donnaiuolo, tornò al discorso dell'Assunta, un bel tocco di ragazza, per bacco, con quel vestito da selvaggia! E allora Tonino s'infuriava coi compagni che non lo lasciavano andare dove gli pareva e piaceva, e lo tenevano davvero per un ragazzo! Così leticando, e colla lingua grossa, avevano fatto senza accorgersene il Corso di San Celso e via Maddalena, che Tonino alla cantonata si mise a correre per via San Vittorello, e voleva che gli aprissero a ogni costo, giacché di sopra c'era ancora il lume. Le donne al sentire i sassi alle finestre e i calci con cui picchiavano alla porta, si misero a gridare come se venissero ad accopparle, e non per altro.

Magnocchi il quale era ancora di sopra coi compagni, scese in istrada.

- Cosa venivano a cercare? Volevano un salasso pel vino che avevano in corpo? - Te lo darò io il salasso, barabba! -

Nel parapiglia si udì gridare: - Ahi! m'ammazzano! - E l'Orbo fu appena in tempo di buttar via la chiave con cui Tonino aveva rotto il capo a quell'altro, che il ragazzo, pallido come un morto, non sapeva da che parte scappare, e già si udivano gli stivali delle guardie.

Ai parenti andarono a dirglielo il giorno dopo, mentre la sora Gnesa disfaceva il banco, e la Barberina, fuori la baracca, guardava inquieta di qua e di là se spuntasse il fratello, perché il padrone del caffè l'aveva mandato a cercare. Fu l'Adele, la ragazza del barbiere che era venuta a vedere se ci avessero ancora due soldi di ravanelli rossi, per dopo tavola, e l'aveva sentita in bottega. - Hanno ammazzato quel che vende i nastri in via San Vittorello, e Tonino era nella rissa -. Per fortuna il Magnocchi non era morto; ma le donne, madre e figlia, si misero a strillare che Tonino li aveva precipitati. In un momento tutto il Verziere fu in rivoluzione. Barberina afferrò in mano le sottane, e via a chiamare il babbo, che solennizzava la domenica grassa dall'Ambrogio, il primogenito, il quale teneva pizzicheria in via della Signora. - Hanno arrestato Tonino in via San Vittorello! - Il sor Mattia, ancora male in gambe, prese il cappello per correre a San Fedele, e Ambrogio anche lui, scongiurando la sorella di chetarsi, per non rovinargli il negozio. In Questura li accolsero come cani, padre e figlio. Li lasciavano lì, sulla panchetta, senza che nessuno gli badasse, a far perdere tempo al pizzicagnolo, quella giornata, col cappello fra le mani. Il maresciallo che lo conosceva, gli disse burbero: - Torni domattina. Ha un bell'arnese di fratello, sa! -

Poi Tonino escì a libertà, col cappelluccio sulle ventitré. Alla sora Gnesa che piagnucolava e brontolava, rimbeccò: - Orsù! finitela, mamma! Che son stufo, veh! -

E accese la pipetta. La Barberina invece non voleva finirla. Gli strillava che era un boia, e loro marcivano sotto la tenda in Verziere per mantener il signorino in prigione e pagargli i vizi. Tanto che il fratello voleva darle due ceffoni, e fregarle quella sua faccia di pettegola colla sua stessa insalata, fregarle! In quella arrivò il babbo, e si rimise la pipa in tasca, mogio mogio.

- Brigante! - cominciò il sor Mattia. - Cattivo arnese! non vedi come si lavora noi, tua mamma, tua sorella e Ambrogio? Ti pare che abbiamo a mantenere i tuoi vizi? Prima che ti accoppino gli sbirri voglio strozzarti colle mie mani piuttosto! Voglio romperti le ossa!

- Ohè! - sclamava Tonino pallido come un cencio, e schermendosi coi gomiti. - Ohè! non giocate colle mani, babbo! non giocate! -

La sora Gnesa strillava peggio di un oca, e la Barberina faceva accorrere tutto il Verziere. Il babbo diceva le sue ragioni a tutti. Per dargli uno stato aveva messo Tonino cameriere al caffè della

Rosa, uno dei primi, e il padrone era suo amico. Quando si fosse impratichito si poteva aprir bottega anche loro; Ambrogio pizzicagnolo, le donne erbaiuole, lui al banco, tutta un'architettura che faceva rovinare quello scapestrato! Il sor Mattia soffocava dalla bile. Per non lasciarsi andare a qualche sproposito se ne tornò in via della Signora.

Ambrogio corse a trovare il padrone del caffè, pregandolo di ripigliare Tonino, che era pentito e prometteva di far giudizio.

- Caro lei, è impossibile. Nel mio mestiere è un affare serio. Ora che in questura hanno preso gusto a vostro fratello, non mi piace di vedermi quelle facce tutto il giorno in bottega, che vengono a cercarmelo in cucina e dietro il banco. Ci va del mio negozio. Voi lo pigliereste? -

Ambrogio non voleva che suo fratello bazzicasse neppure nella sua bottega, dacché un questurino gli aveva battuto sulla spalla come a un vecchio amico.

Le donne, il babbo e tutti si sfogavano allora sul malcapitato, buono a nulla, che restava di peso alla famiglia, e nessuno lo voleva. - Ero buono soltanto quando portavo a casa i denari delle mance! - brontolava il ragazzone, che gli facevano mancare quel che si dice il bisognevole, e lo tenevano in casa come un pitocco.

Un giorno che Basletta lo incontrò a girandolare fra i banchi del mercato esclamò:

- Tò! Sei qui? È un pezzo che non ti si vede. Mi paghi da bere? -

Tonino rispose che non aveva soldi. I suoi di casa gli avevano fatte delle scene per quella storia di San Vittorello. Basletta, come passavano vicino alla baracca della sora Gnesa, adocchiò la Barberina che ammazzolava delle rape, colle belle braccia rosse, nude sino al gomito.

- Finiscila! - borbottò Tonino. - Non mi piacciono gli scherzi a mia sorella. -

- Guarda! adesso che sei stato in tribunale ti sei fatto permaloso! Non te la mangio mica tua sorella! Bel modo di accogliere la gente! -

Voleva condurlo a salutar gli amici, cent'anni che non lo vedevano. Tonino, nicchiava. - Bestia! pel conto che fanno di te i tuoi parenti! Piantali, via -.

Ai Buoni Amici trovarono l'Orbo, che voleva salutar Tonino anche lui, e giuocava a briscola in un cantuccio con dei carrettieri. Al Verziere non ci veniva più, perché la sora Gnesa lo accusava di guastargli il figliuolo, e Barberina gli faceva delle partacce. - Un gendarme, quella ragazza! - Poi dissero che volevano andare a cercare il Nano, il quale aveva disertato dai Buoni Amici dacché l'oste non gli faceva più credito.

Prima di scovare dove avesse dato fondo il Nano dovettero girare mezza dozzina d'osterie. Marco adesso era come un uccello sul ramo, dacché aveva piantato i Buoni Amici. L'Orbo, che aveva vinto a briscola, pagò due volte da bere. Poi col Nano si abbracciarono e baciarono come se uscissero tutti di prigione; e stavolta pagò il Nano.

- Voi altri, - conchiuse, - vi fate ancora rubare i quattrini da quel dei Buoni Amici. - Belli, quelli amici! Tutte guardie travestite, la sera! -

Sicché, per farla corta, escirono in istrada ch'era acceso il gas, e Basletta doveva ancora andare a fare la mezza giornata del lunedì col principale, che l'aspettava in via dei Bigli, - c'era da mettere dei tappeti, prima di sera, che arrivavano i padroni! - Orbè! - rispose il Nano. - Arriveranno senza tappeti, e il principale aspetterà. Io ho piantato il mio, e piglio lavoro in casa, quando capita, da ebanista. È che ci vogliono capitali. Ma intendo lavorare a modo mio -.

L'Orbo non gliene importava, perché s'era guadagnata la giornata a briscola. Egli non aveva mestiere fisso. Faceva di tutto, facchino, tosatore di cani, stalliere, sensale. Guadagnava dippiù, ed era libero come l'aria. - Viva la libertà! - esclamò Basletta. - Quando verrà la repubblica non ci saranno più né giovani né principali -.

E tutti e quattro andavano ciondolando sul bastione, cantando a squarciagola, e giuocando a spintoni verso il fossato.

Prima d'arrivare a Porta Romana videro luccicare nel buio le placche dei carabinieri. Risposero che tornavano dal lavoro. Tonino allora salutò la compagnia.

- Torna a casa, va, ragazzo! Se no la Barberina ti dà le sculacciate! - gli gridavano dietro.

- Dacché è stato a San Fedele quel ragazzo è diventato un pulcino bagnato, - disse l'Orbo. Ma ei non dava retta. All'Orbo, che lo stuzzicava più davvicino, gli diede una gomitata che quasi lo faceva ruzzolare nel fossato.

In casa aiutava al negozio delle donne. Si alzava di notte, per scaricare i carri degli ortolani, rizzava il banco, accendeva il caldaro per le bruciate. Più tardi scambiava delle barzellette coi banchi vicini, giuocava di mano colle servotte, pispolava alle ragazze che passavano. Poi sbadigliava e si stirava le braccia. Ogni giorno leticava colla sorella che gli lesinava il soldo per la pipa.

- Gli serve per quelle donnacce di via Pantano, che gli fanno pissi pissi dietro le persiane! - borbottava la Barberina. Ella non avrebbe dato un cavolo a credenza neppure al sor Domenico, il vinaio lì sulla cantonata, che era un uomo stagionato e facoltoso, e doveva sposarla. Tutta intenta al suo negozio, quella ragazza! Il sor Domenico stesso, alle volte, si muoveva a compassione del ragazzaccio, e gli dava il soldo ridendo. Tonino, rosso come un pomodoro, lo prendeva perché dovevano essere cognati; ma gli cuoceva dentro, perbacco!

- Lavora! - gli rinfacciava il sor Mattia. - Fa quello che facciamo noi, poltronaccio! - E non si sarebbe mosso per cento lire dal suo posto, accanto al banco del pizzicagnolo, colle mani in croce sul bastone.

Gli amici, ogni volta che incontravano Tonino, gli dicevano:

- O scioccone! non vedi che ti tengono peggio di un cane? Fossi in te li pianterei, loro e il pane che ti fanno sudare -.

L'Orbo aggiungeva che lui non voleva mischiarcisi, perché la Barberina minacciava di cavargli gli occhi, se lo vedeva bazzicare con suo fratello.

- Un accidente, quella ragazza! - Ora lui cercava di vivere in pace e avere il suo pane assicurato. S'era messo a fare il facchino in una drogheria. Un buon impiego, niente da fare, e qualcosa spesso da mettersi in tasca. Tonino giurava che a lui gli bastava l'animo di pestargli il muso come i gatti, a sua sorella. Volevano vedere?

Ai Buoni Amici era una vergogna dovere accettare sempre le gentilezze degli altri; o se facevano un litro alla mora, e gli toccava pagarlo, esser costretto a segnarlo sul muro, col carbone. Gli davano a credenza perché sapevano di chi era figlio, e che in fin dei conti avrebbe pagato. Inoltre s'ingegnava con le carte da giuoco, a briscola o a zecchinetta, talché alle volte andava a finire a pugni e a calci, e l'oste li cacciava tutti fuori, per non compromettere l'osteria. Già i questurini la tenevano d'occhio, a motivo di quelle facce che vi bazzicavano, e ogni volta che c'era da fare una retata per primo mettevano le mani ai Buoni Amici.

Aveva ragione il Nano di dire che quel posto era peggio del bosco della Merlata. Non si era mai sicuri d'andare a dormire nel suo letto, quando si passava la sera in quella bettola. Ma egli stesso vi era tornato per la malinconia di non poterne fare a meno. Là si radunavano l'Orbo, Basletta, ed altri amici dello stesso fare, che alle volte conducevano pure delle donne, e si stava allegri, mondo birbone!

A trovare il Basletta veniva spesso Lippa, una bruna alta appena così, ma col diavolo in corpo, e dicevano che doveva sposarla *in estremis*. Basletta brontolava quando lo chiappava a cena; ma ella gli ficcava le mani nel piatto senza domandare il permesso, e come non bastasse, alle volte, si tirava dietro anche la Bionda, magra e allampanata, che ci volevano gli spintoni per risolverla ad entrare, e si mangiava i piatti cogli occhi. Tonino stesso, per compassione, una volta l'aveva invitata, e così s'era fatta la conoscenza. Dopo venivano fuori a passeggiare all'aria aperta sul bastione.

- Mia sorella non vuol capirla che alla mia età ho bisogno di denari anch'io! - brontolava fra di sé. - Gli par che tutti non abbiano altro in mente fuori del negozio, come il suo vinaio.

- E tu ingégnati! - gli rispose l'Orbo. Marco il Nano in quei giorni aveva fatto un negozio, che arrivava sempre colle tasche piene, e gli altri ne parlavano sottovoce fra di loro. Le guardie di questura quando venivano a fiutare il vento, e vedevano che cambiavano discorso, o tacevano subito, battevano sulla spalla di Tonino, e gli ripetevano: - Bada bene, che ci torni a San Fedele! -

La Bionda, se leticavano sul bastione, perché Tonino era geloso, gli diceva colla faccia pallida: - Hai ragione, tò! ma io sono una povera ragazza, e bisogna che m'aiuti! - Lui si struggeva sentendosela spiattellare in faccia, con quella voce calma, e quegli occhi grigi che lo guardavano tranquillamente sotto il lampione. Spesso erano insieme, lui, l'Orbo e Marco il Nano colla Bionda, briachi tutti e quattro, che ogni volta allungavano le manacce Tonino avrebbe fatto un omicidio. E poi da solo ruminava ciò che gli rinfacciava la Barberina, che bisognava prima d'ogni altro ingegnarsi.

E s'ingegnò davvero. La Barberina non sapeva che dovesse ingegnarsi appunto col suo cassetto, una notte che tutti dormivano in bottega, e che si era messo a lavorare attorno al banco con un chiodo storto in punta. Fatto il tiro spalancò l'uscio, e si mise a gridare al ladro, come se la Barberina fosse donna da lasciarsi infinocchiare. Ma essa lo abbrancò pel collo, in camicia com'era, e voleva mandarlo in galera senza dar retta a lui che giurava e spergiurava, colle mani in croce, di non saper nulla. Accorsero la mamma, Ambrogio e il sor Mattia, a fargli vomitare il morto, e così lo cacciarono via nudo e crudo, che la Bionda, quando lo vide arrivare con quella faccia, non ebbe il coraggio di chiudergli l'uscio sul naso.

L'Orbo, che era diventato amico di casa, gli predicava: - Se vuoi vivere alle spalle di quella povera ragazza, sei un maiale ve'! -

Lei pure gli seccava d'averlo sempre attaccato alle sottane, che non gli lasciava mezz'ora di libertà colla sua gelosia; e lo mandava a lavorare. Egli sospettava che fosse per godersela insieme all'Orbo.

- Ti giuro che voglio bene soltanto a te! - rispondeva lei. - Ma che vuoi farci? Non son mica una signora! -

E lui se ne andava, col cuore stretto in un pugno.

Un bel giorno arrestarono il Nano e Basletta, per un furto di certi pacchi di candele nella drogheria dov'era l'Orbo, e Tonino pure, col pretesto che l'avevano trovato sul canto di via Armorari a far la guardia. Lui e il suo avvocato giuravano che era a far tutt'altro, e ci si trovava per una sua occorrenza. Ma fu inutile: lo condannarono alla prigione. Nel carcere però correva voce che la Bionda s'era messa coll'Orbo, e aveva fatto la spia per levarsi Tonino di fra i piedi, e papparsi le tre lire della denuncia. Tonino non voleva crederci; eppure il babbo, la mamma, suo fratello Ambrogio, persino la Barberina, erano venuti a visitarlo in carcere, rinfacciandogli che glielo avevano predetto. - Ma tant'è, erano venuti! E lui piangeva e si sentiva alleggerire il cuore. - Ma la Bionda no!

Dicevano che avevano visto l'Orbo coi panni di Tonino, una giacchetta a scacchi, che era ancora nel cassettone della Bionda, quando l'avevano arrestato.

GELOSIA

Il Bobbia disse fra di sé: - Voglio vedere se è vero, o no! - E si mise in agguato sul canto di San Damiano. Crescioni stava là di faccia: c'era il lume alla finestra. Verso le nove, come gli avevano detto, eccoti la Carlotta che passava il ponte, colle sottane in mano, e infilava la porta di Crescioni. Vi andava proprio in gala, quella sfacciata! Allora - sangue di Diana!... In quattro salti la raggiunse in cima al pianerottolo, ché lei volava su per le scale; e Crescioni se li vide capitar dentro in mazzo, Carlotta e il suo uomo, acciuffati pei capelli.

Successe un terremoto! Lui a scansar le bòtte; il Bobbia, colla schiuma alla bocca, che aveva tirato fuori di tasca qualche accidente; la Carlotta poi strillava per tutti e tre. Crescioni, svelto, ti agguanta la coperta del letto, già bello e preparato, e te l'insacca sul Bobbia, che se no, guai! Il sor Gostino, un pezzo d'uomo che avrebbe potuto fare il portinaio in un palazzo, menava giù nel mucchio, col manico della scopa, per chetarli.

Accorsero le guardie e li condussero in questura. Là, colle ossa peste, cominciarono a ragionare. Carlotta sbraitava che non era vero niente, in coscienza sua! Ma con quell'omaccio non voleva più starci, ora che l'aveva sospettata! Tanto non erano marito e moglie.

- Se non siete marito e moglie... - disse il Delegato.

- Dopo cinque mesi che si stava insieme come se lo fossimo! - rinfacciava il Bobbia. - Cosa gli è mancato in cinque mesi, dica, sor Delegato? E vestiti, e stivaletti, e scampagnate, le feste e le domeniche! Allora avrei dovuto aprire gli occhi, quando si perdeva nei boschetti a Gorla, con questo e con quello, sotto pretesto di cogliere i pamporcini. E lasciavo fare come fossimo marito e moglie!

- Io non ne sapevo nulla! - borbottò Crescioni, asciugandosi il sangue dal naso.

- Giacché non ne sapeva nulla, stia tranquillo che non pretendo restare a carico suo, se non mi vuole! - strillò Carlotta, inviperita nel passare in rassegna gli strappi del vestito nuovo.

Il sor Gostino, testimonio, metteva buone parole. - Via, non è nulla! Dev'essere un malinteso -. Ma il Bobbia s'era cacciato per forza in casa altrui, a fare il prepotente; e fu miracolo a cavarsela con un po' di carcere. - Tanto, non era vostra moglie! - profferì il Delegato. E il Bobbia rispose:

- Per me gliela lascio volentieri, quella gioia! Oramai ne sono stufo -.

L'amante si grattava il capo. Però Carlotta gli buttò le braccia al collo, dinanzi al sor Delegato, e gli giurò che d'ora innanzi voleva esser sua o di nessun altro.

Il sor Gostino l'aiutò a portar la roba dal Crescioni; ma intanto andava predicando che bisognava far la pace col Bobbia, appena usciva di prigione; se no, un giorno o l'altro, andava a finir male.

- Col Crescioni? - gridò poi il Bobbia. - Con quel traditore che mi faceva l'amico?...

- Bè! ora che s'è presa la Carlotta! Faccia conto che siano marito e moglie, e il torto glielo abbia fatto lei pel primo -.

Con questi discorsi non la finivano più, passo passo, dall'osteria di San Damiano alla porta del sor Gostino, sino a dopo mezzanotte, ciangottando colla lingua grossa. Una sera incontrarono la Carlotta a braccetto del Crescioni, e leticavano nel buio. Un'altra volta il Bobbia la vide che comprava della verdura dinanzi alla porta, e frugava nel carro dell'ortolano, colle braccia nude e spettinata. Talché pareva che gli fosse rimasto attaccato il cuore da quelle parti. Quando incontrava il Crescioni, aggobbito, colla barba di otto giorni che gli faceva il viso d'ammalato, si fregava le mani.

- Ci vuol altro che quel biondino per la Carlotta, ci vuole!

- Ogni giorno e' sono liti e bòtte da orbi, - narrava il sor Gostino. - Ieri ancora la è scappata nel mio casotto seminuda, ché il Crescioni voleva accopparla. Dice che lo fa per levarsela dattorno -.

La vigilia di Natale, come Dio volle, riescì a farli bere insieme. - Volete incominciare l'anno nuovo colla ruggine in corpo? - La Carlotta stava sulla sua, in fronzoli, e arricciando il naso a ogni bicchiere, perché c'era il Bobbia presente. Carina, con quella frangia di capelli sul naso! Ma Crescioni aveva il vino cattivo, stava ingrugnato, colle spalle al muro, e tossiva di malumore. - Gli avete portato via l'amante, al Bobbia! O cosa volete d'altro? - gli sussurrò all'orecchio il sor Gostino. Il Bobbia, invece, si sentiva tutto rammollire, e pagava una bottiglia dopo l'altra, senza batter ciglio.

- Mi rammento - disse alla Carlotta nell'orecchio, - mi rammento quando siamo andati insieme a casa mia, la prima volta -. E Crescioni, con tanto d'occhiacci, cavò fuori il mento dalla sciarpa. Poi la comitiva andò via insieme. Crescioni avanti, colle mani in tasca e annuvolato. Aprì lo sportello e fece passare prima la Carlotta, borbottando:

- Sto a vedere che mi vuoi fare col Bobbia quel servizio che gli ho fatto io! -

Il sor Gostino sogghignava pensando: - Questa notte la mi capita in camicia di certo -.

Al Bobbia raccontava in confidenza come la Carlotta gli piacesse anche a lui, per quel suo fare allegro. - Senza ombra di malizia, veh! - Fortuna che sua moglie stava sempre al primo piano, dal padrone, il quale non gliela lasciava un minuto solo. Se no, gelosa com'era, guai! - Il sor Gostino aveva una paura maledetta della sora Bettina, che l'aveva sposato e innalzato a portinaio perché da quarant'anni lei era tutta una cosa col padrone. Tanto che costui, quando leticavano fra marito e moglie, e si udivano nella corte gli improperi e le parolacce della sora Bettina, si affacciava al balcone, in pantofole, e strillava colla voce catarrosa: - Ohè, Gostino! Cosa l'è sta storia? -

Ma torniamo agli altri due. Crescioni voleva sposare la Carlotta sul serio, perché essa gli andava dicendo che stavolta era proprio necessario. - Almeno, - pensava lui, - sarò certo che il bambino è roba mia! -

Il sor Gostino strizzava l'occhio furbo: - E se cercate un padrino, ve l'ho già bello e trovato!

- Che discorsi! - gridava la sora Carlotta tentando di arrossire.

Il Bobbia era arrabbiato come un cane. Da un pezzo non la vedeva; e la Gigia, tabaccaia, dopo averlo menato pel naso una settimana o due, gli aveva risposto picche, sulla guancia. - Ah! di lui non voleva più saperne, la sora Carlotta, onde farsi sposare dal Crescioni? - Si sentiva la febbre addosso ogni volta che la vedeva, dal bugigattolo del sor Gostino, a menar la tromba, dimenando i fianchi, o a portar su l'acqua, colla pancia in fuori.

- Mi lasci andare ad aiutarla, sor Gostino. No, non ho più sete. Il resto lo beva lei per amor mio -. Ma la Carlotta scappava via appena lo vedeva.

- Andatevene! C'è lui in casa. Poi, tutto è finito fra di noi -. Avrebbe voluto batterla e afferrarla per quella collottola grassa che gli faceva bollire il sangue. - Ah! tu c'ingrassi con quel tisico! tu vuoi farmi morir tisico come lui! Che son fatto di stucco, ti pare?...

- Dovevate pensarci prima. To', questa vi calmerà i bollori -.

E Bobbia se ne andava scuotendo l'acqua dal vestito e bestemmiando.

Si fece il matrimonio. Nacque un bambino, due mesi prima del solito, e fu una femmina. Crescioni era sulle furie, perché almeno avrebbe voluto un maschio, e non dover pensare alla dote e a tante altre seccature.

- Quanto a ciò non si dia pena per sua figlia - lo confortava il sor Gostino - la farà come sua madre -.

Sua madre aveva fatto quello che sapevano tutti. S'era lasciata prendere dalle belle parole di un signorino, e dopo era scappata via di casa, per nascondere il marrone, accorgendosi che la mamma le ficcava gli occhi addosso senza dir nulla, e si sentiva salire le fiamme al viso. Fu un sabato grasso; giusto la Luisina era andata ad impegnare roba per fare il carnevale, e disse alla figliuola: - Cos'hai che non mangi? - con cert'occhi! Il giorno dopo trovarono l'uscio aperto; e il babbo, poveraccio, s'era dato al bere dal crepacuore. Che colpa ne aveva lei? Da fanciulletta era andata attorno per le strade e nei caffè, vendendo paralumi. - Come chi dicesse andare a scuola per apprendere il mestiere. - Poi la miseria, l'uggia di tornare a casa colla mercanzia tale e quale, via della Commenda, ch'era tutta una pozzanghera, la tentazione delle vetrine, i discorsi dei monelli, le paroline degli avventori che contrattavano soltanto... Insomma, era destinata!

Allorché il suo amante l'aveva piantata in via San Vincenzino, con quattro cenci nel baule e diciassette lire in tasca, era stata costretta a mettersi col Bobbia, il quale la teneva allegra, quando ne aveva da spendere, e la picchiava dopo, per via della bolletta. Crescioni, invece, non beveva, non bestemmiava, ed era sempre malinconico pensando alla sua poca salute. Ella era andata da lui a sfogarsi dei cattivi trattamenti, e poi c'era rimasta pel piacer suo. Quel giovanotto era preciso come lo voleva lei. Egli predicava: - Vieni di sera. - Vieni di nascosto. - Bada che lui non se ne accorga! - Tale e quale a un ragazzo pauroso dell'ombra sua. Sicché quando il Bobbia capitò a fare quel baccano, Carlotta non gliela perdonò mai più. Infine, cos'era stato? Suo padre stesso, quand'era scappata via di casa, non aveva fatto tanto chiasso. Eppure il danno era più grosso! - Per quel Crescioni, poi, ch'era quasi un ragazzo! - Sentite! - finiva lo sfogo col sor Gostino. - Fosse stato geloso di voi, o di qualche altro pezzo d'uomo, pazienza! Ma del Crescioni?... Veh! Tutta una birbonata del Bobbia per avere il pretesto di piantarmi... -

Il sor Gostino si fregava le mani. Non che ci avesse pel capo certe idee!... Poi con quell'accidente di sua moglie sempre sulla testa, alla finestra del padrone!... Perciò aveva preso l'abitudine di spazzar la scala sino in cima, allo scopo di non dar nell'occhio. - O che non leticate più con vostro marito? È un pezzetto che non vi vedo arrivare in sottanina -.

Appoggiava la scopa contro l'uscio, e si fregava le mani un'altra volta.

- No! Stia cheto con le mani! Adesso è finito il tempo delle sciocchezze!

- Non sono sciocchezze, sora Carlotta! Sembro un Sansone, direte. Ma non è vero! Pel cuore sono un ragazzo. E sempre disgraziato, veh! Perfino mia moglie, è otto giorni che non la vedo, dacché il padrone è a letto. Anche lei, povera sora Carlotta, le si vede in faccia; suo marito la lascia per correre chissà dove! O pensa tuttora al Bobbia?

- A me non me ne importa. E poi non è vero niente -.

Il sor Gostino stava a guardare mentre ella aveva la bambina al petto, grattandosi la barba.

- Non gliene importa?... Dica un po'!... E quella bambina che lui dice che è figlia sua? -

Carlotta faceva una spalluccia. Il sor Gostino si metteva a ridere anche lui, e ripigliava la scopa, ciondolando per un pezzo prima di decidersi ad andare; oppure si chinava a fare il discorsetto alla bimba, accarezzandola sul seno della mamma colle manacce sudice. - In coscienza, non somiglia a nessuno di loro due -.

Crescioni era geloso della bambina, che veniva su bionda e color di rosa. - Se ti vedo ancora dattorno il Bobbia - le diceva - ti fo come la donna tagliata a pezzi! -

E si faceva brutto che non pareva vero, con quella faccia dabbene di tisico. Non che fosse geloso della Carlotta, - ormai l'aveva sempre là, davanti agli occhi, sciatta, spettinata, colla figlia al petto. Per altro non gliene importava più dell'amore. Era malato, e aveva altro per il capo. Ma tant'è, poiché era stato lui a sposarla! E ci aveva sciupati i denari e la salute. Il principale gli riduceva il salario di un terzo, adesso che non era più in gamba come prima. E se non era in gamba e non aveva denari, lo sapeva di che cosa era capace la Carlotta! Perfino di viziargli la figliuola, a suo tempo. La malattia gli aveva sconvolta la testa, e gli sembrava di veder la ragazza, già grandicella, lasciarsi baciare da questo e da quello, come sua madre. Perciò arrivava a leticare colla moglie se accarezzava la bambina quasi fosse cosa sua. Anche il sor Gostino con quell'aria di minchione... Insomma, non ce lo voleva più a bazzicare in casa sua! - Oh Dio, quel povero diavolo! - esclamava la Carlotta. Ma lui, testardo, non si muoveva di casa la domenica a far la guardia, se udiva la scopa per le scale, seduto accanto alla finestra, torvo, col naso nella sciarpa e le mani in tasca, senza dir nulla. Poi, ogni volta che tossiva, saettava delle occhiatacce sulla moglie, e se la bambina strillava, era una casa del diavolo.

- Non toccare mia figlia, o per la Madonna!... Lascia stare d'insegnarle le tue moine piuttosto! -

I dispiaceri gli minavano la salute, diceva. A poco a poco anche il principale si stancò, e Crescioni non si mosse più dal letto. Sua moglie, in quei quaranta giorni, impegnò sino le lenzuola. Egli brontolava che si era ridotto in quello stato per causa sua. All'ospedale però non voleva andarci, perché quando sarebbe stato via, chissà cosa succedeva!

Sino all'ultimo! Se ella usciva un momento a far qualche compera, se scendeva ad attinger l'acqua: - D'onde vieni così scalmanata? T'ho detto che mia figlia non devi condurla attorno! - La tosse lo soffocava sotto le coperte. Allorché lo portarono all'ospedale infine, accusò la moglie di averlo tradito - come Giuda fece a Cristo - per scialarla in libertà. - Non vedi come son ridotta? - si scolpava lei. - Non vedi che non ho più neppur latte per la bambina?

- Almeno verrai a trovarmi colla piccina! -

Ci andava spesso infatti. Ma erano altri bocconi amari. La bimba aveva paura di suo padre, al vederlo con quel berrettino in mezzo a tanti visi nuovi. Lui si sfogava a brontolare tutti i guai della settimana.

- Una vitaccia da cani! - lamentavasi la Carlotta col sor Gostino. - Affaticarsi da mattina a sera, e la festa poi quel divertimento! - Il sor Gostino l'accompagnava, per bontà sua, e le comprava qualche regaluccio da portare al malato. - Che volete farci? Bisogna aver pazienza finché campa -. Il poveretto aveva il cuoio duro, e non finiva più di penare. La Carlotta si stancò prima di lui d'andare e venire, e di trovarlo sempre lo stesso, con quel berrettino bianco ritto sul guanciale. Si fermava appena due minuti, il tempo di vedere a che punto era, e di portargli qualche cosuccia, senza dire che gliela aveva regalata il portinaio. Ma ei glielo leggeva in faccia, e le guardava le mani, sospettoso, tirandosi la coperta sino al naso, senza dir nulla, e le ficcava in faccia gli occhi neri di febbre, e domandava:

- Hai visto il Bobbia? - T'ha detto nulla il portinaio? -

Si capiva che ne aveva tante nello stomaco; ma non parlava perché era confinato in quel letto, e se Carlotta non veniva più restava solo come un cane. Sovente almanaccava dei progetti per quando sarebbe guarito. - Faremo questo. Faremo quest'altro -. Ma ella rimaneva zitta e guardava altrove. Allora disse lui: - Se guarisco, voglio ammazzar qualcuno, dammi retta! - E la bambina si aggrappava al collo della madre, strillando di paura.

Glielo diceva il cuore, al poveraccio. Il sor Gostino era tutto il giorno su e giù per la scala colla granata in mano. Davvero, pel cuore era un ragazzo! Si divertiva a far quattro chiacchiere con lei, o ad accendere il fuoco, nel fornello, e farle andar la macchina - gira, gira, gira; - nello stesso tempo dalla finestra, dietro la tendina, teneva d'occhio la porta, e quando cominciava a farsi scuro, che gli vedeva quella testa china sulla macchina, si sentiva dentro lo stesso rimenìo. Gli bastava che dicesse: - Grazie, sor Gostino.

- Non lo faccio per questo, sora Carlotta. Sono un galantuomo e non fo le cose per secondo fine -. Chi era andato a cercarle del cucito? Chi gli faceva prestar la macchina al bisogno? Chi andava a parlare col padron di casa se tardava la mesata?

La sora Bettina infuriava per queste condiscendenze. Un altro po' la casa diventava un luogo pubblico! E se la pigliava anche col padrone che faceva il comodino per sbarazzarsi del marito. Tutto a riguardo suo!

Il sor Gostino non si dava pace. - O dunque cosa gliene importa a lei? - La Carlotta invece si lagnava: - Signore Iddio! Com'è cattivo il mondo, a pensare il male che non facciamo né voi né io! -

Il sor Gostino allora non sapeva che dire, e ruminava cosa dovesse fare onde non sembrare un minchione, o prendeva il partito di posarsi la mano aperta sul costato: - Sono un galantuomo, ve l'ho detto. Vi voglio bene, ma sono un galantuomo! -

Però non voleva che il Bobbia tornasse a fare il moscone da quelle parti. Glielo aveva predicato: - Adesso quella poveraccia è come se fosse vedova -.

Appunto! Bobbia ci aveva diritto lui perché era l'amore antico! Il portinaio faceva come il cane dell'ortolano per invidia e per gelosia. Ma se adesso l'aveva lui, voleva averla anche il Bobbia, ch'era stato il primo. Si vedeva chiaro: il sor Gostino la teneva sempre in casa pel comodo suo. Il Bobbia dovette aspettarla dieci volte prima di vederla uscire un momento.

- Senti! Se non vieni con me oggi stesso, vi ammazzo tutti, te e il tuo amante -.

La poveretta s'era sentito un tuffo nel sangue al vederlo, e affrettava il passo, smorta come un cencio. Egli la raggiunse in via Ciossetto, furibondo, e l'afferrò pel braccio. - Per carità! Non mi fate male! Che amante! Ti giuro! Non ne ho! - Tanto meglio. Allora, se non ne hai, perché non vieni? -

E ci andò per la paura. Dopo il Bobbia, appena se ne accorse, montò in furia: - Tu vuoi sempre bene a tuo marito, dì! - Oh, quel poveretto!... - Allora hai per amante il sor Gostino! - No, non è il mio amante. - Ma gli vuoi bene, dì! - Ella tremava e supplicava: - Non son venuta qui? Non ho fatto quel che tu dicevi? Cosa vuoi ancora? -

Voleva... voleva... E prima voleva mandarla via di casa a calci, voleva! Poi col sor Gostino avrebbe fatto i conti a tu per tu, e non per gelosia della Carlotta veh... ormai era carne vecchia! Ma il sor Gostino era un ragazzo soltanto colle donne. Al primo pugno l`accecò mezzo, e se lo mise sotto, giusto nella corte, da pestarlo come l'uva. La sora Bettina, di sopra, buttava acqua, porcherie e male parole, e il padrone, dietro, a strillare: - Ohè, Gostino! Gostino! -

Carlotta fu licenziata su due piedi, e dovette sgomberare in otto giorni. La sora Bettina, il padrone lo stesso, sor Gostino, volevano un po' di pace alfine.

Il Bobbia, col muso pesto, andava dicendo: - Non me ne importa di colei. Ma mosche sul naso non me le lascio posare! -

La Carlotta finalmente andò a vedere cosa n`era di suo marito che non moriva mai. Lo trovò sempre nello stesso letto, cogli occhi spalancati, più sfatto, non si lamentava più, e stava immobile colla faccia color di terra. Quegli occhi di fantasma le si ficcavano addosso come chiodi; e pareva che la sua voce uscisse dalla sepoltura: - Dove sei stata tutto questo tempo? - Di', cosa hai fatto? -

CAMERATI

- Malerba? - Presente! - Qui ci manca un bottone, dov'è? - Io non so, caporale. - Consegnato! - Sempre così: il cappotto come un sacco, i guanti che gli davano noia, e non sapere più cosa farsi delle mani, la testa più dura di un sasso all'istruzione e in piazza d'armi. Selvatico poi! Di tutte le belle città dove si trovava di guarnigione, non andava a vedere né le strade, né i palazzi, né le fiere, nemmeno i baracconi o le giostre di legno. L'ora di sortita se la passava vagabondo per le vie fuori porta, colle braccia ciondoloni, o stava a guardare le donne che strappavano l'erba, accoccolate per terra in piazza Castello; oppure si piantava davanti il carrettino delle castagne, e senza spendere mai un soldo. I camerati si divertivano alle sue spalle. Gallorini gli faceva il ritratto sul muro col carbone, e il nome sotto. Egli lasciava fare. Ma quando gli rubavano per ischerzo i mozziconi che teneva nascosti nella canna del fucile, imbestialiva, e una volta andò in prigione per un pugno che accecò mezzo il Lucchese - si vedeva ancora il segno nero - e lui cocciuto come un mulo a ripetere: - Non è vero. - O allora, chi gli ha dato il pugno al Lucchese? - Non so -. Poi stava seduto sul tavolaccio, col mento fra le mani. - Quando torno al mio paese! - Non diceva altro.

- Infine, conta su. Ci hai l'amante al tuo paese? - domandava Gallorini. Egli lo fissava, sospettoso, e dimenava il capo. Né sì né no. Poscia si metteva a guardare lontano. Ogni giorno con un pezzetto di lapis faceva un segno su di un piccolo almanacco che aveva in tasca.

Gallorini invece ci aveva l'amante. Un donnone coi baffi che gli avevano visto insieme al caffè una domenica, seduti con un bicchier di birra davanti, e aveva voluto pagar lei. Il Lucchese se ne accorse ronzando lì intorno colla Gegia, la quale non gli costava mai nulla. Egli trovava delle Gegie dappertutto, colla sua parlantina graziosa, e perché non si avessero a male d'esser messe tutte in fascio sin pel nome, diceva che quello era l'uso del suo paese, quando una vi vuol bene, si chiami, Teresa, Assunta o Bersabea.

In quel tempo cominciò a correre la voce che s'aveva a far la guerra coi Tedeschi. Va e vieni di soldati, folla per le strade, e gente che veniva a vedere l'esercizio in Piazza d'Armi. Quando il reggimento sfilava fra le bande e i battimani, il Lucchese marciava baldanzoso come se la festa fosse stata fatta a lui, e Gallorini non la finiva più di salutare amici e conoscenti, col braccio sempre in aria, che voleva tornar morto o ufficiale, diceva.

- Tu non ci vai contento alla guerra? - domandò a Malerba quando fecero i fasci d'armi alla stazione.

Malerba si strinse nelle spalle, e seguitò a guardar la gente che vociava e gridava: - Evviva! -

Il Lucchese vide pur la Gegia, curiosa, la quale stava a vedere da lontano, in mezzo alla folla, tenendosi alle costole un ragazzaccio in camiciotto che fumava la pipa. - Questo si chiama mettere le mani avanti! - borbottava il Lucchese, che non poteva allontanarsi dalle file, e a Gallorini domandava se la sua s'era arruolata nei granatieri, per non lasciarlo.

Era come una festa dappertutto dove arrivavano. Bandiere, luminarie, e i contadini che correvano sull'argine della strada ferrata, a veder passare il treno zeppo di chepì e di fucili. Ma alle volte poi la sera, nell'ora in cui le trombe suonavano il silenzio, si sentivano prendere dalla melanconia della Gegia, degli amici, di tutte le cose lontane. Appena arrivava la posta al campo correvano in folla a stendere le mani. Malerba solo se ne stava in disparte grullo, come uno che non aspettava nulla. Egli faceva sempre il segno nell'almanacco, giorno per giorno. Poi stava a sentire la banda, da lontano, e pensava a chi sa cosa.

Una sera finalmente successe un gran movimento nel campo. Ufficiali che andavano e venivano, carriaggi che sfilavano verso il fiume. La sveglia suonò due ore dopo mezzanotte; nondimeno distribuivano già il rancio e levavano le tende. Poscia il reggimento si mise in marcia.

La giornata voleva esser calda. Malerba, il quale era pratico, lo sentiva alle buffate di vento che sollevavano il polverone. Poi era piovuto a goccioloni radi. Appena cessava l'acquata, di tratto in tratto, e lo stormire del granoturco, i grilli si mettevano a cantare forte nei campi, di qua e di là dello stradale. Il Lucchese che marciava dietro a Malerba si divertiva alle sue spalle: - Su le zampe, camerata! Cos'hai che non dici nulla? Pensi forse al testamento? -

Malerba con una spallata s'assestò lo zaino sulle spalle, e borbottò: - Cammina! - Lascialo stare, - prese a dire Gallorini. - Sta pensando all'innamorata, che se l'ammazzano i Tedeschi ne piglia un altro.

- Cammina tu pure! - rispose Malerba.

All'improvviso nella notte passò il trotto di un cavallo, e il tintinnìo di una sciabola, fra le due file del reggimento che marciavano dai due lati della strada.

- Buon viaggio! - disse poi il Lucchese, che era il buffo della compagnia. - E tanti saluti ai Tedeschi, se li incontra -.

A destra, in una gran macchia scura, biancheggiava un caseggiato. E il cane di guardia latrava furibondo, correndo lungo la siepe.

- Quello è cane tedesco, - osservò Gallorini, che voleva dire la barzelletta come il Lucchese. - Non lo senti all'abbaiare? -

La notte era ancora profonda. A sinistra come sopra un nugolone nero, che doveva essere collina, spuntava una stella lucente.

- O che ora sarà mai? - domandò Gallorini. Malerba levò il naso in aria, e rispose tosto:

- Ci vorrà almeno un'ora a spuntare il sole!

- Che sugo! - brontolò il Lucchese. - Farci far la levataccia per un bel nulla!

- Alt! - ordinò una voce breve.

Il reggimento scalpicciava ancora, come una mandra di pecore che si aggruppi. - O chi s'aspetta? - borbottò il Lucchese dopo un pezzetto. Passò di nuovo un gruppo di cavalieri. Stavolta nell'alba che cominciava a rompere si videro sventolare le banderuole dei lancieri, e avanti un generale, col berretto gallonato sino in cima, e le mani ficcate nelle tasche dello spenser. Lo stradale cominciava a biancheggiare, diritto, in mezzo ai campi ancora oscuri. Le colline sembravano spuntare ad una ad una nel crepuscolo incerto; e in fondo si vedeva un fuoco acceso, forse di qualche boscaiuolo, o di contadini che erano scappati dinanzi a quella piena di soldati. Gli uccelletti, al mormorio, si svegliavano a cinguettare sui rami dei gelsi che si stampavano nell'alba.

Poco dopo, a misura che il giorno andavasi schiarendo si udì un brontolìo cupo verso la sinistra, dove l'orizzonte s'allargava in un chiarore color d'oro e color di rosa, come se tuonasse, e faceva senso in quel cielo senza nuvole. Poteva essere il mormorio del fiume o il rumore dell'artiglieria in marcia. Ad un tratto corse una voce: - Il cannone! - E tutti si voltavano a guardare verso l'orizzonte color d'oro.

- Io sono stanco! - brontolò Gallorini. - Ormai dovrebbe far l'alto! - appoggiò il Lucchese.

Le chiacchiere andavano morendo a misura che i soldati si avanzavano nella giornata calda, fra le strisce di terra bruna, di seminati verdi, le vigne che fiorivano sulle colline, i filari di gelsi diritti sin dove arrivava la vista. Qua e là si vedevano dei casolari e delle cascine abbandonate. Accostandosi ad un pozzo, per bere un sorso d'acqua, videro degli arnesi a terra, accanto all'uscio di un cascinale, e un gatto che affacciava il muso fra i battenti sconquassati, miagolando.

- Guarda! - fece osservare Malerba. - Ci hanno il grano in spiga, povera gente!

- Vuoi scommettere che non ne mangi di quel pane? - disse il Lucchese.

- Sta' zitto, jettatore! - rispose Malerba. - Io ci ho l'abitino della Madonna -. E fece le corna colle dita.

In quella si udì tuonare anche a sinistra, verso il piano. Da principio, dei colpi rari, che echeggiavano dal monte. Poscia un crepitìo come di razzi, quasi il villaggio fosse in festa. Al di sopra del verde che coronava la vetta si vedeva il campanile tranquillo, nel cielo azzurro.

- No, non è il fiume - disse Gallorini.

- E neppure dei carri che passano.

- Senti! senti! - esclamò Gallorini. - Laggiù la festa è cominciata.

- Alt! - ordinarono ancora. Il Lucchese ascoltava, colle ciglia in arco, e non diceva più nulla. Malerba aveva vicino un paracarro, e ci s'era messo a sedere, col fucile fra le gambe.

Il cannoneggiamento doveva essere in pianura. Si vedeva il fumo di ogni colpo, come nuvolette dense, che si levavano appena al di sopra dei filari di gelsi, e si squarciavano lentamente. I prati scendevano quieti verso la pianura, con il canto delle quaglie fra le zolle.

Il colonnello, a cavallo, parlava con un gruppo d'ufficiali, fermi sul ciglione della strada, guardando di tratto in tratto verso la pianura col cannocchiale. Appena si mosse al trotto, le trombe del reggimento squillarono tutte insieme: - Avanti! -

A destra e a sinistra si vedevano dei campi nudi. Poi qualche pezza di granoturco ancora. Poi delle vigne, poi delle gore d'acqua, infine degli alberetti nani. Spuntavano le prime case di un villaggio; e la strada era ingombra di carriaggi e di vetture. Un vocìo, un tramestìo da sbalordire.

Sopraggiunse di galoppo un cavalleggiero, bianco di polvere. Il suo cavallo, un morello tozzo e tutto crini, aveva le narici rosse e fumanti. Indi passò un ufficiale di stato maggiore, gridando come un ossesso di sgombrare la strada, picchiando colla sciabola a diritta e a manca su quei poveri muli borghesi. Attraverso gli olmi del ciglione si videro sfilare correndo dei bersaglieri neri, colle piume al vento.

Ora si erano messi per una stradicciuola che piegava a diritta. I soldati rompevano in mezzo al seminato, talché a Malerba gli piangeva il cuore. Sulla china di un monticello, videro un gruppo d'ufficiali a cavallo, con la scorta di lancieri dietro, e i cappelli a punta di carabinieri. Tre o quattro passi innanzi, a cavallo e col pugno sull'anca, c'era un pezzo grosso a cui i generali rispondevano colla mano alla visiera, e gli ufficiali passandogli dinanzi, salutavano colla sciabola.

- O chi è colui? - chiese Malerba.

- Vittorio, - rispose il Lucchese. - Che non l'hai mai visto nei soldi, sciocco! -

I soldati si voltavano a guardare, finché potevano. Poscia Malerba osservò fra sé: - Quello è il Re! -

Più in là c'era un torrentello asciutto. L'altra riva coperta di macchie saliva verso il monte, sparso di olmi scapitozzati. Il cannoneggiamento non si udiva più. Un merlo a quella pace s'era messo a fischiare nella mattinata chiara.

Tutt'a un tratto scoppiò come un uragano. La vetta, il campanile, ogni cosa fu avvolta nel fumo. Dei rami d'albero che scricchiolavano, della polvere che si levava qua e là nella terra, ad ogni palla di cannone. Una granata spazzò via un gruppo di soldati. In cima della collina si udivano di tratto in tratto delle grida immense, come degli urrà. - Madonna santa! - balbettò il Lucchese. I sergenti andavano ordinando di mettere a terra i zaini. Malerba obbedì a malincuore perché ci aveva due camicie nuove e tutta la sua roba.

- Lesti! lesti! - andavano dicendo i sergenti. Da una stradicciuola sassosa arrivarono di galoppo alcuni pezzi d'artiglieria, con un fragore di terremoto; gli ufficiali avanti, i soldati curvi sulla criniera irta dei cavalli fumanti, frustando a tutto andare, i cannonieri aggrappati ai mozzi e alle ruote, che spingevano su per l'erta.

In mezzo al rumore furioso delle cannonate si vide rovinare fuggendo per la china un cavallo ferito, colle tirelle pendenti, nitrendo, scavezzando viti, sparando calci disperati. Più giù, a frotte, soldati laceri, sanguinosi, senza chepì, che agitavano le braccia. Infine dei drappelli interi che rinculavano passo passo, fermandosi a far fuoco alla spicciolata, in mezzo agli alberi. Trombe e tamburi suonarono la carica. Il reggimento si slanciò alla corsa su per l'erta, come un torrente d'uomini.

Al Lucchese gli parlava il cuore: - Che furia per quel che ci aspetta lassù! - Gallorini gridava: - Savoia! - E a Malerba che aveva il passo pesante: - Su le zampe, camerata! - Cammina! - ripeteva Malerba.

Appena sulla vetta, in un praticello sassoso, si trovarono di faccia ai Tedeschi che si avanzavano fitti in fila. Corse un lungo lampo su quelle masse che formicolavano; la fucilata crepitò da un capo all'altro. Un giovanetto ufficiale, escito allora dalla scuola, cadde in quel momento, colla sciabola in pugno. Il Lucchese annaspò alquanto, colle braccia aperte, come se inciampasse, e cadde egli pure. Ma dopo non si vide più nulla. Gli uomini si azzuffavano petto a petto, col sangue agli occhi.

- Savoia! Savoia! -

Infine i Tedeschi ne ebbero abbastanza, e cominciarono a dare indietro passo passo. I cappotti grigi li inseguivano a stormi. Malerba nella furia del correre, pigliò come una sassata che lo fece zoppicare. Poi si accorse che gli colava il sangue pei pantaloni. Allora infuriato come un bue si slanciò a testa bassa, menando baionettate. Vide un gran diavolo biondo che gli veniva addosso con la sciabola sul capo, e Gallorini che gli appuntava alla schiena la bocca del fucile.

Le trombe suonavano a raccolta. Ora tutto quello che restava del reggimento, a stormi, a gruppi, correva verso il villaggio, che rideva al sole, in mezzo al verde. Però alle prime case si vide la carneficina che ci era stata. Cannoni, cavalli, bersaglieri feriti, tutto sottosopra. Gli usci sfondati, le imposte delle finestre che pendevano come cenci al sole. In fondo a una corte c'era un mucchio di feriti per terra, e un carro colle stanghe in aria, ancora carico di legna.

- E il Lucchese? - domandò Gallorini senza fiato.

Malerba l'aveva visto cadere. Nondimeno si voltò indietro per istinto verso il monte che formicolava di uomini e di cavalli. Le armi luccicavano al sole. Si vedevano, in mezzo alla spianata, degli ufficiali a piedi, i quali guardavano lontano col cannocchiale. Le compagnie calavano ad una ad una per la china, con dei lampi che correvano lungo le file.

Potevano essere le 10 - le 10 del mese di giugno, al sole.

Un ufficiale s'era buttato come arso sull'acqua dove lavavano gli scopoli dei cannoni. Gallorini stava disteso bocconi contro il muro del cimitero, colla faccia sull'erba; là almeno, dalle fosse, nell'erba folta, veniva un po' di frescura. Malerba, seduto per terra, s'ingegnava a legarsi come poteva la gamba col fazzoletto. Pensava al Lucchese, poveretto, che era rimasto per via, a pancia in aria.

- Tornano! tornano! - si udì gridare. La tromba chiamava all'armi. Ah! stavolta era proprio stufo Gallorini! Nemmeno un momento di riposo! Si alzò come una bestia feroce, tutto lacero, e afferrò il fucile. La compagnia si schierava in fretta, alle prime case del paesetto, dietro i muri, alle finestre. Due pezzi di cannone allungavano la gola nera in mezzo alla strada. Si vedevano venire i Tedeschi in file serrate, un battaglione dopo l'altro, che non finivano mai.

Là fu colpito Gallorini. Una palla gli ruppe il braccio. Malerba lo voleva aiutare. - Che cos'hai? - Nulla, lasciami stare -. Il tenente faceva anche lui alle fucilate come un semplice soldato, e bisognò correre a dargli una mano, Malerba dicendo ad ogni colpo: - Lasciate fare a me che è il mio mestiere! - I Tedeschi scomparvero di nuovo. Poi fu ordinata la ritirata. Il reggimento non ne poteva più. Fortunati Gallorini e il Lucchese che riposavano. Gallorini s'era seduto a terra, contro il muro, e non si voleva più muovere. Erano circa le 4, più di otto ore che stavano in quella caldura colla bocca arsa di polvere. Però Malerba ci aveva preso gusto e domandava: - Ora che si fa? - Ma nessuno gli dava retta. Scendevano verso il torrentello, accompagnati sempre dalla musica che facevano le cannonate sul monte. Poscia da lontano videro il villaggio formicolare di uniformi di tela. Non si capiva nulla, né dove andavano, né cosa succedeva. Alla svolta di un ciglione s'imbatterono nella siepe dietro la quale il Lucchese era caduto. E neppure Gallorini non c'era più. Tornavano indietro alla rinfusa, visi nuovi che non si conoscevano, granatieri e fanteria di linea, dietro agli ufficiali che zoppicavano, laceri, strascinando i passi, col fucile pesante sulle spalle.

Calava la sera tranquilla, in un gran silenzio, dappertutto.

A ogni tratto si incontravano carri, cannoni, soldati che andavano al buio, senza trombe e senza tamburi. Quando furono di là del fiume, seppero che avevano persa la battaglia.

- O come? - diceva Malerba. - O come? - E non sapeva capacitarsi.

Poi, terminata la ferma, tornò al suo paese, e trovò la Marta che s'era già maritata, stanca d'aspettarlo. Anche lui non aveva tempo da perdere, e prese una vedova, con del ben di Dio. Qualche tempo dopo, lavorante alla ferrovia lì vicino, arrivò Gallorini, con moglie e figli anche lui.

- Tò Malerba! O cosa fai tu qui? Io faccio dei lavori a cottimo. Ho imparato il fatto mio all'estero, in Ungheria, quando m'hanno fatto prigioniero, ti rammenti? Mia moglie m'ha portato un capitaletto... Mondo ladro, eh? Credevi fossi arricchito? Eppure il nostro dovere l'abbiamo fatto. Ma chi va in carrozza non siamo noi. Bisogna dare una buona sterrata, e tornare a far conto da capo -. Coi suoi operai ripeteva pure le stesse prediche, la domenica, all'osteria. Essi, poveretti, ascoltavano, e dicevano di sì col capo, sorseggiando il vinetto agro, ristorandosi la schiena al sole, come bruti, al pari di Malerba, il quale non sapeva far altro che seminare, raccogliere e far figliuoli. Egli dimenava il capo per politica, quando parlava il suo camerata, ma non apriva bocca. Gallorini invece aveva girato il mondo, sapeva il fatto suo in ogni cosa, il diritto e il torto; sopra tutto il torto che gli facevano, costringendolo a sbattezzarsi e lavorare di qua e di là pel mondo, con una covata di figliuoli e la moglie addosso, mentre tanti andavano in carrozza.

- Tu non ne sai nulla del come va il mondo! Tu, se fanno una dimostrazione, e gridano viva questo o morte a quell'altro, non sai cosa dire. Tu non capisci nulla di quel che ci vuole! -

E Malerba rispondeva sempre col capo di sì. - Adesso ci voleva l'acqua pei seminati. Quest'altro inverno ci voleva il tetto nuovo nella stalla.

VIA CRUCIS

Matilde cercò cogli occhi la Santina, entrando nella bottega della sarta. Indi le si mise accanto, e disse piano: - Sai? Poldo piglia moglie -.

Santina avvampò in viso; poi si fece smorta, e chinò la testa sul lavoro. Non disse nulla; non ci credeva; ma il cuore le si gonfiava di certi presentimenti che adesso le tornavano dinanzi agli occhi. Solo le tremava il labbro nel frenare le lagrime.

Appena poté inventare un pretesto per uscire corse al Municipio, e lesse coi suoi occhi: "Leopoldo Bettoni con Ernestina Mirelli, agiata". Tornando in bottega, cogli occhi gonfi, si buscò una buona lavata di capo.

La sera volle parlargli ad ogni costo. Da un pezzo egli le diceva: - Faccio tardi all'officina. C'è un lavoro da terminare -. Il Renna, che lavorava da indoratore insieme con lui, s'era messo a ridere. - Non dia retta, sora Santina. Le son storie da contare ai morti -. La mamma, al vedere che tornava a uscire, stralunata, l'afferrava per le vesti. - Dove corri? A quest'ora... - Ella non diceva altro: - Lasciatemi andare. Lasciatemi andare... - cogli occhi fissi. Chi la incontrava così tardi, al vederla correre sul marciapiedi con quella faccia, si fermava a sbirciarla sotto il naso; oppure le buttava dietro un pissi pissi. Ma ella non vedeva e non udiva. Finalmente scoprì Poldo in fondo al caffè delle Cinque Vie, seduto in un crocchio, che guardava pensieroso il bicchiere. Quando uscì sulla strada seguitava a guardarsi attorno come un ladro. Pareva che il cuore glielo dicesse. Ella lo afferrò pel gomito, allo svolto della cantonata. - È vero che prendi moglie? - Poldo giurava di no, colle braccia in croce. Infine disse: - Senti, io non ho nulla. Tu neppure non hai nulla. Si farebbe un bel marrone tutti e due -.

Cotesto non glielo aveva detto prima, quando le stava attorno innamorato, e le sussurrava quelle parole traditrici che le facevano squagliare il cuore dentro il petto. Con tali parole s'era lasciata prendere in quella stanza dell'osteria di Gorla, col ritratto del Re e di Garibaldi che le si erano stampati in mente. Ora egli se ne andava passo passo per la sua strada, col dorso curvo.

Da principio sembrava che il cuore le morisse dentro il petto. Poscia a poco a poco si rassegnò. Matilde le diceva: - Sciocca, ne troverai cento altri, non dubitare -. Le compagne cianciavano e ridevano tutto il giorno, e il sabato facevano dei progetti per la festa. Dalla finestra si vedeva il sole di primavera, sui tetti rossi, nei terrazzini pieni di fiori. Allora tornavano a gonfiarlesi in cuore piene di lagrime le parole dolci di Poldo. La domenica per lei spuntava triste, in quella malinconia di via Armorari, e pensava, pensava, coi gomiti appoggiati al davanzale, guardando le botteghe tutte chiuse.

Il Renna, di sopra, stava alla finestra per vedere la Santina affacciata a capo chino, che scopriva la nuca bianca. Non usciva neppur lui. Poscia le buttava dei sassolini. Ella si voltava, col viso in su, e rideva. Era l'unico suo sorriso. Una sera di luna piena, mentre arrivava sin là la canzone della strada, il Renna scese al pian disotto, e Santina uscì sul pianerottolo ad attinger l'acqua. Il giovanotto le prese tutte e due le mani che reggevan la secchia, ed ella gliele lasciò chinando il capo, nella luna piena che allagava il balcone.

Pure non voleva, no; perché a poco a poco aveva preso a volergli bene come a quell'altro, e temeva del poi. Ma il Renna sapeva che ella aveva avuto Poldo per amante, e glielo rinfacciava a ogni momento. Allora Santina dovette piegare il capo anche a costui, per provargli che gli voleva bene. Stavolta fu all'Isola Bella, dopo un desinare che si sentiva la testa pesa come il piombo. Poscia guardava tutta sconfortata gli orti e i prati che impallidivano al tramonto, mentre il Renna fumava alla finestra, in maniche di camicia.

E le disse pure: - Abbiamo fatto un bel marrone! - Sapeva che Beppe, il fratello della ragazza, era un giovanotto schizzinoso, di quelli che non amano far ridere alle proprie spalle. Motivo per cui a poco a poco andava raffreddandosi coll'amante. - Tu sei troppo imprudente, cara mia! Fai le cose in modo da aprire gli occhi a un cieco -. Santina taceva e si struggeva in silenzio. Poi il Renna la esaminava dalla testa ai piedi con un'occhiata. - Cos'hai? Hai un certo viso! Il marrone?... - Allora scoprì pure che egli sgomberava adagio adagio dalla stanza di sopra. Lo sorprese per la scala con un baule sulle spalle. - Te ne vai? Mi pianti? - Anch'egli negava, colle braccia in croce, come quell'altro. Infine gli scappò la pazienza. - Ebbene, cosa vuoi? Già sai che non son stato il primo...

Ella voleva buttarsi dalla finestra, se non fosse stata la paura. La maestra arricciava il naso appena la vedeva entrare in bottega, accasciata, col viso gonfio e disfatto, con tanto di pèsche agli occhi. La spogliava dalla testa ai piedi al pari del Renna, con certe occhiate che le leggevano in faccia la vergogna. Infine, quando fu certa di non ingannarsi, le diede il fatto suo, un sabato sera, dietro il banco - cinque lire e ottanta centesimi. - A Santina le pareva di morire. Ma la padrona con un risolino agro ripeteva: - È inutile piangere adesso. Dovevi pensarci prima! - La mamma cacciandosi le mani nei capelli, balbettava: - Cosa hai fatto? Cosa hai fatto? disgraziata! Se lo sapesse tuo fratello!... -

Costui appena venne in chiaro della cosa andò a prendere il Renna per il collo, in via Camminadella. - Ti voglio mangiare il fegato, traditore! - Dopo lo portarono a casa colla testa rotta. - Non è nulla, - diceva. - Ma voglio lavarmi il disonore col sangue di quella sciagurata! Se non va via di casa voglio ammazzare anche lei! - La poveretta scappò come si trovava, la vigilia di Natale. Quel giorno Beppe, contento e all'oscuro di tutto, aveva portato un panettone. La mamma di nascosto le mandò qualche soldo nel fagottino della roba. Le sue compagne non ne seppero più nulla. Dopo tre mesi all'improvviso Matilde se la vide capitare in casa pelle e ossa, in cerca di lavoro. - Del lavoro?... è difficile, sai; la maestra... - No! No lei! - Ma allora... Non saprei... Poverina, come sei ridotta! Ora che farai? - Non so. - E lui, Poldo? - Non so. - Fàtti animo. Tornerai bella come prima, vedrai! - Santina non aveva altro da dire, e se ne andava a capo chino. Matilde la richiamò sull'andito. - Dove andrai? - Non so. - Senti, se pigli un altro amante, apri bene gli occhi stavolta, che non sia uno spiantato -.

Invece prese un bel giovanotto, ricco come un principe, e buono come il Signore Iddio; tanto che alla poveretta non le pareva vero, e non voleva crederci ogni volta che egli l'aspettava sotto il portico di piazza Mercanti, mentre essa andava a riportare il lavoro di cucito in via Broletto, e le si attaccava alla cintola. - Angelo! Biondina d'oro! - No! Signore Iddio! Mi lasci andare pei fatti miei! - Una sera egli la seguì per la scaletta di casa sua, in via del Pesce, innamorato sino agli occhi. Voleva che lo mettesse alla prova se le voleva bene. Spese per lei dei gran denari; le fece abbandonare la camiciaia di via Broletto; le prese in affitto un bel quartierino in via Manara.

Spesso la conduceva al Fossati, e in campagna. Le belle passeggiate nel Parco di Monza, tutto di verde e d'azzurro, colle folte ombrìe dei grandi alberi dove dormivano le viole e i pan porcini, e le stelle che filavano silenziose sul loro capo al ritorno, mentre egli le posava la testa fine sulle ginocchia, cullati dalla carrozza! Le pareva di sognare. Cercava di leggergli negli occhi cosa dovesse fare per meritarsi quel paradiso. Anch'esso da qualche tempo sembrava che sognasse. La fissava pensieroso. Rispondeva: - Nulla, non ci badare; ho delle seccature -. Un giorno le disse ridendo che suo padre era furibondo contro di lei. Aveva il sorriso pallido. In seguito perse anche quel sorriso. Sovente veniva tardi, di cattivo umore. L'abbracciava in un certo modo per dirle: - Ti voglio tanto bene, sai! - In un momento d'abbandono le confidò che era soprapensiero per certe cambiali; i creditori non volevano aspettare più. Suo padre in collera protestava che non gli avrebbe dato un soldo se non mutava via. Santina chinava il capo tristemente, col martello di perdere il suo amore; giacché non le passava neppure pel capo che potesse sposar lei. Egli dovette andare a Genova per due o tre giorni onde aggiustare i suoi affari. Al momento di partire, sotto la tettoia della stazione, le aveva detto: - Non dubitare, non dubitare! - colla voce ancora innamorata. Le aveva promesso di scriverle ogni giorno. Ogni giorno Santina andava alla posta a prendere le sue lettere, per tre mesi. Infine ne arrivò un'ultima in cui egli scriveva: "Che posso farci? Mio padre vuole che pigli moglie ad ogni costo". E le mandava un vaglia di mille lire. Un signore che passava dovette afferrarla per il braccio onde non cadesse sotto l'omnibus di Porta Romana.

Ora ella portava i cappelloni a piume, e gli stivalini col tacco alto come la Matilde. La videro in brum chiuso con un ufficiale di cavalleria. Al veglione del Dal Verme prese un premio; e una volta di nascosto mandò cinquanta lire alla mamma. Il giorno dello Statuto in piazza del Duomo le passò a lato Poldo, e la sbirciò dicendo qualche cosa all'orecchio della moglie, una grassona la quale si mise a ridere scotendo il ventre.

Però ebbe giorni di fortuna. Un signore forestiero le pagò un mese di allegra vita e di vetture di rimessa. Poscia fece le sue valigie anche lui, e le lasciò qualche migliaio di lire, tutte in ori e fronzoli, che le mangiò un commesso viaggiatore. Un maestro di musica, malato di petto, che moriva di fame e credeva d'attaccarsi alla vita buttandole le braccia al collo, le promise di sposarla. Ella, quantunque non ci credesse più, fece una vita da santa tutto il tempo che rimase con lui, in una soffitta, a cavarsi gli occhi per comprargli le medicine. Stettero anche quarantotto ore senza mangiare né lei né il suo amante, rannicchiati su uno strapunto sotto l'abbaino. Infine l'accompagnò al cimitero di Porta Magenta, lei sola, col cuore stretto da quella giornata trista di febbraio tutta bianca di neve. La sera andò in una scuola di ballo per cercar da cena.

Poi scese giù nella strada; fece la dolorosa *via crucis* della Galleria e di Via Santa Margherita, nell'ora triste della caccia al pranzo, tremante di freddo sotto il mantello di seta, col viso pallido di cipria, sorridendo a tutti colle labbra affamate, scutrettolando coi piedi gonfi rasente agli uomini che la salutavano con un'occhiata sprezzante; senza ripugnanze, senza simpatie, senza stanchezza, senza sonno, senza lagrime, senza un briciolo della sua sciagurata bellezza che le appartenesse più. Una notte di carnevale, in un'orgia, Poldo volle comprare da lei un bacio coi denari della moglie, ed essa glielo diede, sulla bocca avvinazzata.

La stagione era ancora rigida. Lassù nella sua cameruccia sotto i tetti l'acqua gelava nel catino. Se entrava in un caffè per riscaldarsi, il cameriere, in cravatta bianca, le sussurrava qualche parola all'orecchio, ed ella tornava al alzarsi a capo chino. Di fuori, alla luce appannata delle grandi invetriate, passavano delle ombre impellicciate come lei sotto un cappellone piumato. Dietro, i questurini, passo passo. Gli uomini camminavano frettolosi, col bavero rialzato e il sigaro in bocca. Ella sorrideva, colle labbra riarse.

Piazza del Duomo tutta bianca di neve, Santa Margherita colle vetrine scintillanti del Bocconi; lì delle lunghe stazioni all'alito dei sotterranei riscaldati che veniva dalle finestre a livello del marciapiede. La gente passava sogghignando. Indi piazza della Scala, come un camposanto, il teatro sfavillante di lumi, i caffè nella nebbia calda del gas, e di nuovo la Galleria, alta, sonora, coll'arco immenso spalancato sull'altra piazza bianca di neve; e dietro sempre il passo sonoro dei questurini che la scacciavano avanti, sempre avanti. Un vecchietto curvo la sbirciò arricciandosi i baffi tinti. La poveretta sorrideva sempre inutilmente, colle labbra pallide. Infine s'avvicinò a una di quelle ombre che al par di lei passeggiavano eternamente sotto il cappellone piumato, e le disse qualche parola sottovoce. L'altra si strinse nelle spalle. Un signore passava senza darle retta. Poscia tornò indietro e le mise qualcosa nella mano. Allora, chiusa nel suo mantello di seta, colle piume del cappellone sul viso infarinato, andò a comprare del pane. E il garzone le sghignazzava dietro, tornando a sedere dietro il banco accanto alla ragazza che leggeva il *Secolo*, mentre l'altra si allontanava col pane sotto il mantello di seta, come una regina.

CONFORTI

La donna dell'uovo glielo aveva predetto alla sora Arlìa: - Sarai contenta, ma prima passerai dei guai -.

Chi l'avrebbe immaginato quando sposò il Manica colla sua bella bottega di barbiere in via dei Fabbri, lei pettinatora anch'essa, giovani e sani tutti e due! Solo don Calogero, suo zio, non aveva voluto benedire quel matrimonio - per lavarsene le mani come Pilato - diceva. Sapeva come fossero tutti tisici di padre in figlio a casa sua, ed era riescito a mettere un po' di pancia collo scegliere la vita quieta del prevosto.

- Il mondo è pieno di guai, - predicava don Calogero. - Ed è meglio starsene alla larga -.

I guai infatti erano venuti a poco a poco. Arlìa, sempre incinta da un anno all'altro, che le clienti stesse disertavano per la malinconia di vederla arrivare col fiato ai denti, e quel castigo di Dio della pancia grossa. Poi le mancava il tempo di stare in giorno colla moda. Suo marito aveva sognato una gran bottega da parrucchiere nel Corso, colle profumerie nella vetrina; ma aveva un bel radere barbe a tre soldi l'una. I figliuoli si facevano tisici uno dopo l'altro, e prima d'andarsene al camposanto si mangiavano colla propria carne il poco guadagno dell'annata.

Angiolino, che non voleva morire così giovane, si lamentava nella febbre: - Mamma, perché m'avete messo al mondo? - Tale e quale come gli altri suoi fratelli morti prima. La mamma, allampanata, non sapeva che rispondere, dinanzi al letticciuolo. Avevano fatto l'impossibile; s'erano mangiato il cotto e il crudo: brodi, medicine, pillole piccine come capocchie di spilli. Arlìa aveva speso tre lire per una messa, ed era andata ad ascoltarla ginocchioni in S. Lorenzo, picchiandosi il petto pei suoi peccati. La Vergine nel quadro sembrava che ammiccasse di sì cogli occhi. Ma il Manica, più giudizioso, si metteva a ridere colla bocca storta, grattandosi la barba. Infine la povera madre afferrò il velo come una pazza, e corse dalla donna dell'uovo. Una contessa che voleva tagliarsi i capelli dalla disperazione dell'amante ci aveva trovata la consolazione.

- Sarai contenta, ma prima passerai dei guai, - le rispose quella dell'uovo.

Lo zio prete aveva un bel dire: - Tutte imposture di Satanasso! - Bisogna provare cosa sia avere il cuore nero d'amarezza, mentre s'aspetta la sentenza, e quella vecchia vi legge il vostro destino tutto in un bianco d'uovo! Dopo le pareva di trovare a casa il figliuolo alzato, che le dicesse allegro: - Mamma, sono guarito -.

Invece il ragazzo se ne andava a oncia a oncia, stecchito nel lettuccio, e quegli occhi se lo mangiavano. Don Calogero, che di morti se ne intendeva, come veniva a vedere il nipote, si chiamava poi in disparte la mamma, e le diceva: - Pei funerali me ne incarico io. Non ci pensate -.

Però la sventurata sperava sempre, accanto al capezzale. Alle volte, quando saliva anche Manica a sentire del figliuolo, colla barba lunga di otto giorni e il dorso curvo, provava compassione di lui che non ci credeva. Come doveva patirci il poveretto! Ella almeno aveva in cuore le parole della donna dell'uovo, come un lume acceso, sino al momento in cui lo zio prete s'assise ai piedi del letto colla stola. Poi, quando si portarono via la sua speranza nella bara del figliuolo, le parve che si facesse un gran buio dentro il suo petto. E balbettava dinanzi a quel lettuccio vuoto: - O dunque cosa m'aveva promesso quella dell'uovo? -. Suo marito dal crepacuore aveva preso il vizio di bere.

Infine, adagio adagio, si fece una gran calma nel suo cuore. Tale e quale come prima. Ora che i guai l'erano caduti tutti sulle spalle sarebbe venuta la contentezza. Ai poveretti accade spesso così.

Fortunata, l'ultima che le restasse di tanti figli, si alzava la mattina pallida e colle pèsche color di madreperla agli occhi, a simiglianza dei fratelli che eran morti tisici. Le clienti stesse la lasciavano ad una ad una, i debiti crescevano, la bottega si vuotava. Manica, suo marito, aspettava gli avventori tutto il giorno, col naso contro la vetrina appannata. Lei chiedeva alla figliuola: - Ti dice di sì il cuore per quello che ci ha promesso la sorte?

Fortunata non diceva nulla, cogli occhi accerchiati di nero come i suoi fratelli, fissi in un punto che vedeva lei. Un giorno sua madre la sorprese per le scale con un giovanotto che sgattajolò in fretta al veder gente, e lasciò la ragazza tutta rossa.

- Oh, poveretta me!... Che fai tu qui? -

Fortunata chinò il capo.

- Chi era quel giovanotto? che voleva?

- Niente.

- Confidati con tua madre, col sangue tuo. Se tuo padre sapesse!... -

Per tutta risposta la ragazza alzò la fronte e le fissò in faccia gli occhi azzurri.

- Mamma, io non voglio morire come gli altri! -

Il maggio fioriva, ma la fanciulla s'era mutata in viso, ed era divenuta inquieta sotto gli occhi ansiosi della madre. I vicini le cantavano: - Badi alla sua ragazza, sora Arlìa -. Il marito istesso, colla cera lunga, un giorno l'aveva presa a quattr'occhi nella botteguccia nera, per ripeterle:

- Bada a tua figlia, intendi? Che almeno il sangue nostro sia onorato! -

La poveretta non osava interrogare la figliuola al vederla tanto stralunata. Le fissava soltanto addosso certi occhi che passavano il cuore. Una sera, dinanzi alla finestra aperta, mentre dalla strada saliva la canzone di primavera, la ragazza le mise il viso in seno, e confessò ogni cosa piangendo a calde lagrime.

La povera madre cadde su una seggiola, come se le avessero stroncato le gambe. E tornava a balbettare, colle labbra smorte: - Ah! Ora come faremo? -. Le pareva di vedere Manica nell'impeto del vino, col cuore indurito dalle disgrazie. Ma il peggio erano gli occhi con i quali la ragazza rispondeva:

- Vedete questa finestra, mamma?... la vedete com'è alta?... -

Il giovane, un galantuomo, aveva mandato dallo zio prete a tastare il terreno per sapere che pesci pigliare. - Don Calogero s'era fatto prete apposta onde non sentir parlare dei guai del mondo. Il Manica si sapeva che non era ricco. L'altro capì l'antifona e fece sentire che gli dispiaceva tanto di non esser ricco lui per fare a meno della dote.

Allora la Fortunata si allettò davvero, e cominciò a tossire come i suoi fratelli. Parlava spesso all'orecchio della mamma, col viso rosso, tenendola abbracciata, e ripeteva:

- Vedete com'è alta quella finestra?... -

E la mamma doveva correre di qua e di là a pettinare le signore pel teatro, sempre con lo spavento di quella finestra dinanzi agli occhi se non trovava la dote per la figlia, o se il marito s'accorgeva del marrone.

Di tanto in tanto le tornavano in mente le parole di quella dell'uovo, come uno spiraglio di luce. Una sera che tornava a casa stanca e scoraggiata, passando dinanzi alla vetrina di una lotteria, le caddero sotto gli occhi i numeri stampati, e per la prima volta le venne l'ispirazione di giuocare. Allora con quel fogliolino giallo in tasca le pareva d'avere la salute della figliuola, la ricchezza del marito, e la pace della casa. Pensava anche come una dolcezza all'Angiolino e agli altri figliuoli da un pezzo sotterra nel cimitero di Porta Magenta. Era un venerdì, il giorno degli afflitti, nel sereno crepuscolo di primavera.

Così ogni settimana. Si levava di bocca i pochi soldi della giocata per vivere colla speranza di quella grande gioia che doveva capitarle all'improvviso. L'anime sante dei suoi figliuoli ci avrebbero pensato di lassù. Manica, un giorno che i fogliolini gialli saltarono fuori dal cassetto, mentre cercava di nascosto qualche lira da passar mattana all'osteria, montò in una collera maledetta.

- In tal modo se ne andavano dunque i denari?... - Sua moglie non sapeva che rispondere, tutta tremante.

- Però, senti, se il Signore mandasse i numeri?... Bisogna lasciare l'uscio aperto alla fortuna -.

E in cuor suo pensava alle parole di quella dell'uovo.

- Se non hai altra speranza - brontolò Manica con sorriso agro.

- E tu che speranza hai?

- Dammi due lire! - rispose lui bruscamente.

- Due lire! o Madonna!... cosa vuoi farne?

- Dammi una lira sola! - ripeté Manica stravolto.

Era una giornata buia, la neve dappertutto e l'umidità che bagnava le ossa. La sera Manica tornò a casa col viso lustro d'allegria. Fortunata diceva invece:

- Per me sola non c'è conforto -.

Alle volte ella avrebbe voluto essere come i suoi fratelli sotto l'erba del camposanto. Almeno quelli non tribolavano più, ed anche i genitori ci avevano fatto il callo, poveretti.

- Oh! il Signore non ci abbandonerà del tutto, - balbettava Arlìa. - Quella dell'uovo me l'ha detto. Ho qui un'ispirazione -.

Il giorno di Natale apparecchiarono la tavola coi fiori e la tovaglia di bucato, e quest'anno invitarono lo zio prete ch'era la sola provvidenza che restasse. Il Manica si fregava le mani e diceva:

- Oggi si ha a stare allegri -. Pure il lume appeso al soffitto ciondolava malinconico.

Ci fu il manzo, il tacchino arrosto, ed anche un panettone col Duomo di Milano. Alle frutta il povero zio, vedendoli piangere, siffatta giornata, con un buon bicchiere in mano di barbera anche lui, non seppe tener duro e dovette promettere la dote alla ragazza. L'amante tornò a galla, Silvio Liotti, commesso di negozio con buone informazioni, pronto a riparare il mal fatto. Manica col bicchiere in mano diceva a don Calogero:

- Vedete, vossignoria; questo qui ne aggiusta tante -.

Ma era destino che dove era l'Arlìa la contentezza non durasse. Il genero, ragazzo d'oro, si mangiò la dote della moglie, e dopo sei mesi Fortunata tornava a casa dai genitori a narrar guai e a mostrar le lividure, affamata e colle busse. Ogni anno un figliuolo anche lei come sua madre, e tutti sani come lasche che se la mangiavan viva. Alla nonna sembrava che tornasse a far figliuoli, ché ognuno era un altro guaio, senza morir tisico. Divenuta vecchia, doveva correre sino a Borgo degli Ortolani, e in fondo a Porta Garibaldi, per buscarsi dalle bottegaie qualche mesata da quattro lire. Suo marito anch'esso, che gli tremavano le mani, faceva appena dieci lire al sabato, tutti tagli e tele di ragno per stagnare il sangue. Il resto della settimana poi o dietro la vetrina sudicia ingrugnato, o all'osteria col cappello a sghimbescio sull'orecchio. Anch'essa ora i denari del terno li spendeva in tanta acquavite, di nascosto, sotto il grembiale, e il suo conforto era di sentirsene il cuor caldo, senza pensare a nulla, seduta di faccia alla finestra, guardando di fuori i tetti umidi che sgocciolavano.

L'ULTIMA GIORNATA

I viaggiatori che erano nelle prime carrozze del treno per Como, poco dopo Sesto, sentirono una scossa, e una vecchia marchesa, capitata per sua disgrazia fra un giovanotto e una damigella di quelle col cappellaccio grande, sgranò gli occhi e arricciò il naso.

Il signorino aveva una magnifica pelliccia, e per galanteria voleva dividerla colla sua vicina più giovane, sebbene fosse primavera avanzata. Fra il sì e il no, stavano appunto aggiustando la partita, nel momento in cui il treno sobbalzò. Per fortuna la marchesa era conosciuta alla stazione di Monza, e si fece dare un posto di cupé.

I giornali della sera raccontavano:

"Oggi, nelle vicinanze di Sesto, fu trovato il cadavere di uno sconosciuto fra le rotaie della ferrovia. L'autorità informa".

I giornali non sapevano altro. Una frotta di contadini che tornavano dalla festa di Gorla si erano trovati tutt'a un tratto quel cadavere fra i piedi, sull'argine della strada ferrata, e avevano fatto crocchio intorno curiosi per vedere com'era. Uno della brigata disse che incontrare un morto la festa porta disgrazia; ma i più ne levano i numeri del lotto.

Il cantoniere, onde sbarazzare le rotaie, aveva adagiato il cadavere nel prato, fra le macchie, e gli aveva messa una manciata d'erbacce sulla faccia, ch'era tutta sfracellata, e faceva un brutto vedere, per chi passava. Fra un treno e l'altro corsero il pretore, le guardie, i vicini, e com'era la festa dell'Ascensione, nei campi verdi si vedevano i pennacchi rossi dei carabinieri e i vestiti nuovi dei curiosi.

Il morto aveva i calzoni tutti stracciati, una giacchetta di fustagno logora, le scarpe tenute insieme collo spago, e una polizza del lotto in tasca. Cogli occhi spalancati nella faccia livida, guardava il cielo azzurro.

La giustizia cercava se era il caso di un assassinio per furto, o per altro motivo.

E fecero il verbale in regola, né più né meno che se in quelle tasche ci fossero state centomila lire. Poi volevano sapere chi fosse, e d'onde venisse; nome, patria, paternità e professione. D'indizi non rimanevano che la barba rossa, lunga di otto giorni, e le mani sudice e patite: delle mani che non avevano fatto nulla, e avevano avuto fame da un gran pezzo.

Alcuni l'avevano riconosciuto a quei contrassegni. Fra gli altri una brigata allegra che faceva baldoria a Loreto. Le ragazze che ballavano, scalmanate e colle sottane al vento, avevano detto:

- Quello là non ha voglia di ballare! -

Egli andava diritto per la sua strada, colle braccia ciondoloni, le gambe fiacche, e aveva un bel da fare a strascinare quelle ciabatte, che non stavano insieme. Un momento s'era fermato a sentir suonare l'organetto, quasi avesse voglia di ballar davvero, e guardava senza dir nulla. Poi seguitò ad allontanarsi per il viale che si stendeva largo e polveroso sin dove arrivava l'occhio. Camminava sulla diritta, sotto gli alberi, a capo chino. Il tramvai era stato a un pelo di schiacciarlo, tanto che il cocchiere gli aveva buttato dietro un'imprecazione e una frustata. Egli aveva fatto un salto disperato per scansare il pericolo.

Più tardi lo videro sul limite di un podere, seduto per terra, in attitudine sospetta. Pareva che strologasse la pezza di granoturco, o che contasse i sassi del canale. Il garzone della cascina accorse col randello, e gli si accostò quatto quatto. Voleva vedere cosa stesse macchinando là quel vagabondo, mentre le pannocchie del granoturco ci voleva del tempo ad esser mature, e in tutto il campo, a farlo apposta, non vi sarebbe stato da rubare un quattrino.

Allorché gli fu addosso vide che si era cavate le scarpe, e teneva il mento fra le palme. Il garzone, col randello dietro la schiena, gli domandò cosa stesse a far lì, nella roba altrui; e gli guardava le mani sospettoso. L'altro balbettava senza saper rispondere, e si rimetteva le scarpe mogio mogio. Poi si allontanò di nuovo, col dorso curvo, come un malfattore.

Andava lungo l'argine del canale, sotto i gelsi che mettevano le prime foglie. I prati, a diritta e a sinistra, erano tutti verdi. L'acqua, nell'ombra, scorreva nera, e di tanto in tanto luccicava al sole, un bel sole di primavera, che faceva cinguettare gli uccelli.

Il garzone aggiunse ch'era rimasto più di un'ora in agguato per vedere se tornasse quel vagabondo; e non avrebbe mai creduto che facesse tante storie per andare a finire sotto una locomotiva. L'aveva riconosciuto da quelle scarpe che non si reggevano neppure collo spago, e gli erano saltate fuori dai piedi, di qua e di là dalle rotaie.

- Gli è che al momento in cui le ruote vi son passate di sopra quei piedi hanno dovuto sgambettare! - osservò il cameriere dell'osteria, corso sin là all'odore del morto come un corvo, in giubba nera e col tovagliuolo al braccio. Egli aveva visto passare quello sconosciuto dall'osteria verso mezzogiorno: una di quelle facce affamate che vi rubano cogli occhi la minestra che bolle in pentola, quando passano. Perfino i cani l'avevano odorato, e gli abbaiavano dietro quelle scarpacce che si slabbravano nella polvere.

Come il sole tramontava l'ombra del cadavere si allungava, dai piedi senza scarpe, a guisa di spaventapassere, e gli uccelli volavano via silenziosi. Dalle osterie vicine giungevano allegri il suono delle voci e la canzone del Barbapedana. In fondo al cortile, dietro le pianticelle magre in fila si vedevano saltare e ballare le ragazze scapigliate. E quando il carro che portava i resti del suicida passò sotto le finestre illuminate, queste si oscurarono subito dalla folla dei curiosi che s'affacciavano per vedere. Dentro, l'organetto continuava a suonar il valzer di Madama Angot.

Più tardi se ne seppe qualche cosa. La affittaletti di Porta Tenaglia aveva visto arrivare quell'uomo della barba rossa una sera che pioveva, era un mese, stanco morto, e con un fardelletto sotto il braccio che non doveva dargli gran noia. Ed essa glielo aveva pesato cogli occhi per vedere se ci erano dentro i due soldi pel letto prima di dirgli di sì. Egli aveva domandato prima quanto si spendeva per dormire al coperto. Poi ogni giorno che Dio mandava in terra aspettava che gli arrivasse una lettera, e si metteva in viaggio all'alba, per andar a cercare quella risposta, colle scarpe rotte, la schiena curva, stanco di già prima di muoversi. Finalmente la lettera era venuta, col bollino da cinque. Diceva che nell'officina non c'era posto. La donna l'aveva trovata sul materasso, perché lui quel giorno era rimasto sino a tardi col foglio in mano, seduto sul letto, colle gambe ciondoloni.

Nessuno ne sapeva altro. Era venuto da lontano. Gli avevano detto: - A Milano, che è città grande, troverete -. Egli non ci credeva più; ma s'era messo a cercare finché gli restava qualche soldo.

Aveva fatto un po' di tutti i mestieri: scalpellino, fornaciaio, e infine manovale. Dacché si era rotto un braccio non era più quello; e i capomastri se lo rimandavano dall'uno all'altro, per levarselo di fra' piedi. Poi quando fu stanco di cercare il pane si coricò sulle rotaie della ferrovia. A che cosa pensava, mentre aspettava, supino guardando il cielo limpido e le cime degli alberi verdi? Il giorno innanzi, mentre tornava a casa colle gambe rotte, aveva detto: - Domani! -

Era la sera del sabato; tutte le osterie del Foro Bonaparte piene di gente fin sull'uscio, al lume chiaro del gas, dinanzi alle baracche dei saltimbanchi, affollata alle banchette dei venditori ambulanti, perdendosi nell'ombra dei viali, con un bisbiglio di voci sommesse e carezzevoli. Una ragazza in maglia color carne suonava il tamburo sotto un cartellone dipinto. Più in là una coppia di giovani seduti colle spalle al viale si abbracciavano. Un venditore di mele cotte tentava lo stomaco colla sua mercanzia.

Passò dinanzi una bottega socchiusa; c'era in fondo una donna che allattava un bimbo, e un uomo, in maniche di camicia, fumava sulla porta. Egli camminando guardava ogni cosa, ma non osava fermarsi; gli sembrava che lo scacciassero via, via, sempre via. I cristiani pareva che sentissero già l'odor del morto, e lo evitavano. Solo una povera donna, che andava a Sesto curva sotto una gran gerla e brontolando, si mise a sedersi sul ciglio della strada accanto a lui per riposarsi; e cominciò a chiacchierare e a lamentarsi, come fanno i vecchi, ciarlando dei suoi poveri guai: che aveva una figlia all'ospedale, e il genero la faceva lavorare come una bestia; che gli toccava andare fino a Monza con quella gerla lì, e aveva un dolore fisso nella schiena che gliela mangiavano i cani. Poi anch'essa se ne andò per la sua strada, a far cuocere la polenta del genero che l'aspettava. Al villaggio suonava mezzogiorno, e tutte le campane si misero in festa per l'Ascensione. Quando esse tacevano una gran pace si faceva tutto a un colpo per la campagna. A un tratto si udì il sibilo acuto e minaccioso del treno che passava come un lampo.

Il sole era alto e caldo. Di là della strada, verso la ferrovia, le praterie si perdevano a tiro d'occhio sotto i filari ombrosi di gelsi, intersecate dal canale che luccicava fra i pioppi.

- Andiamo, via! è tempo di finirla! - Ma non si muoveva, col capo fra le mani. Passò un cagnaccio randagio e affamato, il solo che non gli abbaiasse, e si fermò a guardarlo fra esitante e pauroso; poi cominciò a dimenar la coda. Infine, vedendo che non gli davano nulla, se ne andò anch'esso; e nel silenzio si udì per un pezzetto lo scalpiccìo della povera bestia che vagabondava col ventre magro e la coda penzoloni.

Gli organetti continuarono a suonare, e la baldoria durò sino a tarda sera, nelle osterie. Poi, quando le voci si affiocarono e le ragazze furono stanche di ballare, ricominciarono a parlare del suicidio della giornata. Una raccontò della sua amica, bella come un angelo, che si era asfissiata per amore, e l'avevano trovata col ritratto del suo amante sulle labbra, un traditore che l'aveva piantata per andare a sposare una mercantessa. Ella sapeva la storia con ogni particolare; erano state due anni a cucire allo stesso tavolo. Le compagne ascoltavano mezze sdraiate sul canapè, facendosi vento, ancora rosse e scalmanate. Un giovanotto disse che egli, se avesse avuto motivo di esser geloso, avrebbe fatta la festa a tutti e due, prima lei e poi lui, con quel trincetto che portava indosso, anche quando non era a bottega - non si sa mai! - E si posava colle mani in tasca davanti alle ragazze, che lo ascoltavano intente, bel giovane com'era, coi capelli inanellati che gli scappavano di sotto a un cappelluccio piccino piccino. Il cameriere portò delle altre bottiglie, e tutti, coi gomiti allungati sulla tovaglia, parlavano di cose tenere, cogli occhi lustri, stringendosi le mani. - In questo mondo cane non c'è che l'amicizia e un po' di volersi bene. Viva l'allegria! Una bottiglia scaccia una settimana di malinconia.

Alcuni si misero in mezzo a rappattumare due pezzi di giovanotti che volevano accopparsi per gli occhi della morettina che andava dall'uno all'altro senza vergogna. - È il vino! è il vino! - si gridava. - Viva l'allegria! - I pacieri furono a un pelo di accapigliarsi coll'oste per alcune bottiglie che vedevano di troppo sul conto. Poi tutti uscirono all'aria fresca, nella notte ch'era già alta. L'oste stette un pezzetto sprangando tutte le porte e le finestre, facendo i conti sul libraccio unto. Poi andò a raggiungere la moglie che sonnecchiava dinanzi al banco, col bimbo in grembo. Le voci si perdevano in lontananza per la strada, con scoppi rari e improvvisi di allegria. Tutto intorno, sotto il cielo stellato, si faceva un gran silenzio, e il grillo canterino si mise a stridere sul ciglio della ferrovia.